いやし

〈医療〉時代小説傑作選

朝井まかて／あさのあつこ／和田はつ子
知野みさき／宮部みゆき
細谷正充 編

PHP
文芸文庫

○本表紙デザイン＋ロゴ＝川上成夫

いやし〈医療〉時代小説傑作選　目次

藪医(やぶい)　ふらここ堂

朝井まかて

一

きこ、きこと、ふらここを漕ぐ音がする。近所の子供らがまた遊んでいるのだろう。師走とはいえ今日は朝から晴れ渡っていて、家の中の方がよほど冷える。

「ねえ、あたいも乗りたい」

「へん、まだまだ」

「妹だろ。替わってやんなよ。でないと、そらっ」

年嵩の子がふらここの綱を強く揺さぶったらしく、わあと甲高い声が響く。落ちやしないかと心配になって、おゆんは茶の間から外の前庭に目をやった。庭といっても、いつからそこに生えていたのか誰も知らない大きな山桃の木があるだけで、あとは季節の草花が思い思いに葉を広げては咲き、今は冬枯れの芝地になっている。

山桃の枝に吊るしたふらここは、おゆんがまだ幼かった頃、父である天野三哲が自ら板を削り、二本の綱を通して作ってくれた遊具である。

三哲は子供専門に開業している小児医なのだが、この本人が子供よりもよほど手がかかる。おゆんがとりわけ難儀するのが朝だ。

「お父っつぁん、起きてよぉ。ねえったらあ」

懸命に揺り起こしても、やもりのように寝床にへばりついて動かない。

「あともうちっと、頼む、今日だけは寝かせてくれ」

「毎朝、同じこと言って。患者さん、もう来てるんだよ。二組も待ってんの」

「気にすんな」

その後、半刻もかかって二階から下りてきたかと思えば、房楊枝をくわえて朝湯にお出かけだ。湯から戻っても、縁側に坐ってのんびりと耳搔き棒を使ってからようやく神輿を上げる。おまけに患者には「また来たのか」と言わぬばかりの顔つきで、無愛想このうえない。

ゆえに三哲は、ここ神田三河町界隈で「藪のふらここ堂」と渾名されている。それでも日に何組かは患者が訪れるのだから、「江戸には他に小児医がいないらしい」なんて陰口がまた増える。

良かった、笑ってる。

遊ぶ子供らの様子にほっとして、おゆんは坐り直した。

昔は搗米屋だったという小体な家をそのまま診療に使っているので、三哲は奥の八畳間で患者を迎えるのが常だ。障子を隔てた板の間に坐って待ち札を渡したり、処方した薬の名を覚帳につけたりするのはおゆんの仕事だ。患者の待合場は戸口を入ったところの土間で、夏に夕涼みに使う縁台を壁沿いに並べてある。

火鉢にかけた大きな鉄瓶が湯気を立てて蓋を持ち上げ、行ったり来たりしながら赤子をあやす父親の声が低く混じる。長屋暮らしの者はほとんどが共働きなので、子育ては亭主も等分にかかわることが多い。女房の方が稼ぎがある場合など、乳離れした子の世話は亭主が引き受けるという夫婦も珍しくないほどで、子育ても外で働くのと同じく甲斐性のうちなのだ。

と、壁にもたれて坐っている端の女と目が合った。念入りに化粧した年増で六つくらいの男の子をつれているのだが、だんだん目が吊り上がってきている。「ふらここ堂は待たされる」を知らずにやって来たらしい新顔で、おゆんが幾度となく頭を下げてもぷんと顎を反らし、聞こえよがしな溜息を吐く。

「小便が近いから、小便公方だと」

診療部屋で三哲がいきなり、馬鹿笑いを始めた。

「いや、ほんと。しじゅうお小水がしたくなるんで、御小姓らは尿筒を手放せないんだそうですよ」

また何の話で盛り上がってんのよと、おゆんは俯いた。顔が赫らんでくる。尋常に診療を済ませればこれほど待たせずに済むものを、三哲は無駄話、ことに下世話なお題となれば途端に興が乗るたちだ。

「こんな話ってのは不思議と、世間に洩れてくるもんでござんすねえ」

「小便だもんよ、そりゃ洩れるに決まってらあな。それにしてもあれだな、城に詰めてる御典医ってのも間に合わねえ奴らだな。俺なら、ちゃちゃっと治してやんのによ」

「まったく。先生は子供専門のお医者でしょうに」

「大人も子供も医術は本道、小便公方もお茶の子さいさいだ」

重篤な患者には「医者のやれることなんぞ高が知れてる」と逃げ口上を使うのに、他人事となると大口を叩くのが三哲だ。本道とは、人の躰の臓腑、時に総身を診る医術である。

おゆんは「やだ」と気づいて、待合場を見回した。

小便公方って、もしかして今の公方様のこと？

悪ふざけの好きな江戸者は、御公儀の風聞も何だかんだと戯言のたねにする。それを防ぐのは蝿を追うより大儀だと近頃はお目こぼしされているらしいけれど、揶揄が過ぎれば番屋に引っ張られることだってあるのだ。この人もあの人も、うん、顔馴染みだ、町方の手下らしいお人は交じっていないと確かめて、おゆんは胸を撫で下ろした。

子供づれでない面々は薬だけを取りに寄越された奉公人で、待たされるのは百も承知とばかりに毛抜きを持参して熱心に髭を抜いている下男がいれば、ぐっすり眠り込んで尻からずり落ちそうな女中もいる。

だが新顔の女は苛々と何度も腰を浮かせ、子供も土間にしゃがんで絵草紙をめくっているかと思えば天井から吊るした甘草の束をいじくったりして、落ち着きがない。が、とうとう退屈してか、母親の膝にかじりついてぐずり始めた。

「ねえ、おっ母ちゃんてばあ」

「じっとしてな。ええい、着物が汚れるじゃないか。べたべた触るんじゃないよ」

はねつけられても子供は顔色一つ変えるでなし、黙って戸口に向かう。前庭のふらここで遊ぶ子らをじいと眺める。

「んもう、今日こそ治っとくれよ。三日も勤めを休んだら、おまんま食べらんなくなるんだから。それでもいいのかえ」

女は子供から顔をそむけ、その場に居合わせた誰もに説いて聞かせるかのような口調を使う。と、女はおゆんに目を留め、いきなり嚙みついてきた。

「どんだけ待たせんのよ。急いてるんだけど」

「あいすみません。今しばらく」

「藪医者のくせに何でこんなに待たすのさ。あたしはねえ、掛け値なしに忙しい身なんだよ。暇潰しがてらに待ってる連中と一緒にしないでもらいたいね」

他の患者が顔を見合わせた。髭を抜いていた薬取りの下男は「あいた」と顎を押さえ、女中は目を覚まして鳩のようにきょときょとしている。すると台所との仕切りの板戸が動いて、つんと生薬の匂いが流れ出た。

「えれえ当てこすりだなあ。何様だ」

次郎助が薬匙を持ったまま、顔を覗かせている。

「おゆん、大丈夫か。助太刀しようか」

「そんなの、いいよ。そんな大層なもんじゃない、はず」

調子っぱずれなくせに妙に一本気なのが出てきたら、かえって火に油を注ぎかねない。

次郎助は通りを隔てたすぐ先の水菓子屋、角屋の倅で、おゆんの幼馴染みである。半年前の夏、何を血迷ったか、いきなり「弟子にしてくれ」と押しかけてきた。

「お前が小児医になるってか。何で」

三哲は面倒そうに、首の後ろを搔いていた。

「何でって、決心したんだ。聞いてくれ、おいら」

次郎助の言を、三哲はすかさず押しのけた。

「まあ、医者になるのは本人の勝手。お墨付きが要るわけじゃなし、なりたきゃなりゃあいいが、子供ってのは面倒臭えぜえ。じっとしてねえわ、すぐにぴいぴい泣くわ」

ゆえに世間の小児医は、でんでん太鼓などの玩具や飴菓子などが手放せないらしい。が、三哲は子供の機嫌など取ったためしがない。「これだけ泣く元気がありゃあ大丈夫だろう」と、すげなく追い返してしまうのだ。

「いや、俺、子供、好きなもんで」

「なら、やめとけ。小児医ってのは、子供にいっち嫌われる稼業だ」

「じゃあ、先生は何でなったんだよ」

「お前ぇ、十七にもなって気づかねえのか。威張って渡世ができるのは、医者か坊主に決まってらあな」

「だから、何で、その面倒臭え小児医だったわけ」

「まあ、それはあれだ。大人よりは躰が小せえから、らくに違いねえと踏んだわけよ。ところがどっこい、餓鬼には洩れなくうるせえ親がついてくら」

お父っつぁんのことだから、どうせそんなとこだろうと驚きはしないものの、おゆんはちっとばかし情けなくなった。

三哲は医者になる前は大工に弟子入りしていたらしく、その前は武家の中間部屋の遣い走りや包丁人、若い時分は寺の納所坊主までやってみたというから、要はその時々の気分で甘い風の吹く方へふらり、ふらり。東西南北に頓着せずに生きてきただけなのである。

「ま、好きにしな。言っとくが俺は何も教えねえぜ」

「うん、それはお構いなく」

まるで噛み合わないやりとりを経て、次郎助は毎日、竹の子修業に通ってくるようになった。といってもまだ、奥の小間に坐って薬を袋に詰めるだけの下働きだ。今も薬をもらいにきた者らの通い帳を見て、せっせと袋詰めをしていたらしい。

「お父っつぁん、まだ話し込んでるの。いくらなんでも長すぎるよ」

「さっき処方が回ってきたから、そろそろじゃねぇか」

障子の向こうでようやく礼を告げる声が聞こえて、孫をつれたご隠居が出てきた。女はここぞとばかりに立ち上がり、ご隠居がまだ板の間にいるのに上がり框に足をかけ、ひょっと首だけで振り返った。ところが、当の子供がいない。

「また、うろちょろして。まったくもう」

女は子供の名前を呼んで土間の中を見回していたが、「ちょっとあんた」とおゆんを見下ろした。

「患者の子供くらい、ちゃんと見てなよ。何のためにそこに坐ってんだい」

「ごめんなさい」と、消え入りそうになりながら詫びる。

「何言ってんだか聴こえないんだけど」

すると背後から、どら声が上がった。

「障子の立てつけが悪くなってんなあ。さっきからきいきい、きいきい、妙な音がしやがる」

三哲がのっそりと板の間に出てきた。女は皮肉に気づきもせずに腰を後ろに引き、三哲を胡散臭そうに眺め回している。

医者といえば頭を剃り上げているか慈姑頭、そこに十徳を羽織っているのが相場だが、三哲は縮れ毛をろくに梳きもせずに結わえているだけで、夏は着流し、冬はその上に褞袍を着込むという風体だ。

三哲は太い眉の上に掌をかざしながら女を見返して、「ふん、なるほど」と合点した。

「立てつけが悪いのはこちらさんだ。おゆん、俺の手には負えねえから引き取ってもらえ」

女は一瞬、口を半開きにしたが、「そんな馬鹿な」と足を踏み鳴らした。

「これだけ待たせておいて、帰れって言うの。とんでもない、そんなの大損じゃないか。うちの子はすぐに見つける。わかってんのよ、あの子が隠れそうなとこは。いいかい、順番抜かしは無しだからね」

おゆんや他の患者らまで脅しつけると、女は勝手に中に上がり込んだ。子供の名を呼びながら茶の間や台所にまでずんずんと入る。

「厄介なのが飛び込んできやがったなあ。面倒臭え」

三哲は土間に足を下ろして板の間に坐り、患者らにぼやく。

「藪だと知ってんなら来なきゃいいじゃねえか。なあ」

「おおかた、近所の医者に薬礼を払ってなくて、そっちに顔出せないんだ。でないと、伊達や酔狂でここには来ねえもん」

待合場に出てきた次郎助もしたり顔で推すると、皆が一斉にうなずいた。医者に払う費用は診療も薬代も込みで「薬礼」といい、盆暮の節季払いだ。ふらここ堂でもこれを溜め込んでいる家は少なくなく、商い物の大根や干魚で済ます者もいる。

ばたばたと女が戻ってきた。見つからなかったようだ。すると薬待ちの隠居が
「おたくのお子はどこが悪いんです」と訊ねた。

「どこもかしこもよ。毎日毎日、飽きもせずにおねしょするしさ、叱ったら拗ねて、むっつり黙りこくって。ああいうとこ、別れた亭主にそっくりでうんざりする」

女はここぞとばかりに喋り散らしている。三哲が縮れ毛の頭を掻きながら、ぼそりと呟いた。

「寝小便なんぞ、そのうち治るがなあ。俺は十二になってもまだやってたぞ。なあ、次郎助、お前ぇもそうだったよな」

次郎助は「いや、どうだったっけなあ」と、天井を見る。

「うちの子はそれだけじゃないんですよ。今朝は寝床で吐いたんだから」

「なら簡単だ。今日一日、何も喰わせるな」

「はあ、それ、何てぇ診立て」

「診立ても何も、肚ん中をからっぽにすりゃあ吐く物もなくなる」

「あたしは夜も勤めがあんのよ。菓子でも置いとかないと一人で泣き叫んで、近所の連中にまた剣突く言われんの。たまったもんじゃない」

「へえ。子守りをしてくれる菓子があんのか。どこで売ってんだ」

「さっきから何言ってんの。あんた、本物の藪か」

「そうとも」

女は両肩をきっと吊り上げると、八つ当たりのようにまたおゆんを怒鳴りつけた。

「ぼんやりしてないで、さっさとうちの子を探してきな」

追い立てられて戸口の外に飛び出せば、何のことはない、子供は近所の子らに交じってふらここを漕いでいた。

冬の陽射しの中で、頰まで明るんで見える。傍に近づいたら咽喉の奥を鳴らして小さな笑い声まで立てているのがわかって、そっとしておいてやりたい気がした。でも、叱られるのはこの子なのだと思い直して、「坊や、入ろ」と声をかけた。けれど子供は知らんぷりをして漕ぎ続ける。

「あんたという子は、どんだけあたしに厄介かけたら気が済むんだ」

逆上した女が追いかけてきて、無理やりふらここを止めて子供を引きずり下ろした。子供はどこかが破けたように泣いて暴れる。それもお構いなしに腕を取り、おゆんも手伝わされてようやっと診療部屋に入れた。その足で取って返し、待合場に向かって三哲を呼んだ。

「お父っつぁん、お願い。早く」

すると次郎助が「あれ」と目をぱちくりさせた。

「ついさっき、面倒臭えってぼやきながら中に入ってったけど」

「え」

今度は三哲が行方をくらませていた。

二

年が明けて宝暦九年になった。三哲は昨日の元旦も今日も寝正月を決め込んで、昼過ぎになっても起きてこない。おゆんは一人で炬燵に入って蜜柑の皮をむく。どこかで羽根つきを始めたらしく、幼い女の子らのはしゃぐ声がする。

やっぱ退屈だなあ。行けば良かったかなあ、凧揚げ。

「いるかい」

縁先でしゃがれ声がしたかと思うと、もう障子を引いて顔を見せている。近所の長屋に住まっているお亀婆さんだ。

「何だい何だい、いい年頃の娘が独りで蜜柑かい」と言いながら自分もさっさと膝を入れた。「おめでとう、おゆんちゃん」

お亀婆さんが笑うと顔じゅうに縦皺が寄って、唐傘みたいだ。

「おめでとう、おばちゃん」

お亀婆さんに面と向かって「婆さん」と呼びかけようものなら、拳固が飛んでくる。この何十年かはずっと四十歳で通しているのだ。三哲は「ありゃ、六十はとうに超してる。下手すりゃ喜寿じゃねえか」と睨んでいるが、実のところは誰も知らない。江戸の年寄りは還暦(かんれき)を過ぎたら長生きをする者が多く、八十で城勤めをしている侍もざらにいる。

お亀婆さんも現役で、しかも凄腕(すごうで)で知られる取上婆(とりあげばば)だ。おゆんも次郎助も、いや、この界隈の者は大抵、取り上げてもらったんじゃないだろうか。

「やれやれ、お産が年越しでねえ。やっと出てきなすったよ、今朝」

お亀婆さんは蜜柑かごの中を選(よ)って一番大きいのを摑(つか)み、平たい爪をぶすりと刺した。

「あの御新造(ごしんぞ)、亭主が甘いのをいいことに喰っちゃ寝を決め込んでたんだろう。肥(こ)え過ぎて息が続きやしない」

「赤子は」

「丸々とした金太郎」

おゆんはほっと頰を緩(ゆる)めて、房の白い筋を取った。乳児や幼児の命は呆気(あっけ)ないほど儚(はかな)くて、死産も多いのだ。江戸の死人のうち、七割を占めるのが子供なのである。ゆえに人々は「七歳までは神のうち」とみなし、それは慈(いつく)しんで育てる。

「乳(ち)つけ親はもう決まってるの」

「ああ。御新造の従姉(いとこ)だってさ。近所に頼めばいいものを、近頃の若い母親ってのははほんに考えが足りない」

乳つけ親は仮親（かりおや）ともいい、赤子にとって最初の乳を母親以外の女に頼んで仮の親子関係を結ぶ風習だ。町人の大抵は近所で仮親になり合い、互いに子供を見守り合う。おゆんの乳つけ親は次郎助の母親であるお安（やす）で、赤子の頃に母親を喪（うしな）ったおゆんをずっと気にかけて面倒を見てくれている。

「お膳を用意して近所の者を招いたり、祝い餅（もち）を搗（つ）いて配るのも手数がかかるけどさ。それは子供にこの世の縁をつけて、土地に根づかせてやるためさ。神様に呼び戻されないようにね。それを、わざわざ遠くに住む従姉に頼んでどうする。おお、酸（す）いねえ、この蜜柑」

ちゃっと舌を鳴らしながら、もう次の蜜柑に手を出している。お亀婆さんは銭を貯め込むのが生き甲斐で、昼餉（ひるげ）におやつ、夕餉までのほとんどを近所の家を回って済ませている。そして「金離れのいいのが江戸っ子」といきがる者を鼻でせせら嗤（わら）うのだ。

「それはそうと、師走に三ちゃん、やらかしたって」

患者親子を放って逃げ出した一件を指しているらしい。

「もう噂になってるの」

「とっくに。患者を選り好（え）みするとは三ちゃんの藪も筋金入りだって、皆、面白がってるさね」

　あの日、三哲は茶の間の縁側から外に抜け出したらしく、女がさんざん噴火して帰って行ったその後に何喰わぬ顔をして戻ってきた。次郎助の父親の金蔵が言うことには、

「昼日なかに頬被りをした男がよ、うちの軒下できょろきょろと目ぇだけ動かしながら干し柿を勝手に喰ってやがんだ。さても図々しい盗人だと肩を摑んだら、三ちゃんじゃねえか。声をかけたら、しっしって追い手を使いやがった」

　三哲は女がふらここ堂を出るのを見定めてから、戻ってきたのだろう。次郎助が女のすさまじさを話すと、柿のへたをくわえたまま「君子、危うきに近寄らずだ」とうそぶいた。

「まあ、あたしに言わせたらその母親も大概さね。死ぬか生きるかの瀬戸際で産んで、ああ、よくぞ私らの子に生まれてきてくれたと嬉し泣きするのにさ。ちっと大きくなって可愛げが減ったらば邪険に扱って、口にするのはああしろこうしろの指図ばかり。ほんに、近頃の親はどうなっちまってるのかねぇ。医者や薬に頼る前に、まずは我が子を抱きしめてやれってんだ」

　おゆんは女にこっぴどく叱られたことよりも、名残り惜しそうに何度もふらここを振り返っていた子供の姿が気にかかる。けれど己に何ができるわけでもない。そして、三哲が得意の逃げ口上を思い返すのだ。

医者がやれることなんぞ、高が知れてる。

婆さんは片頬をしかめて、また舌を鳴らした。

「おお、これも酸っぱいよ。大はずれ」

おゆんは通りに聞こえやしないかと気が揉めて、「そうかなあ、おいしいけどなあ」と繰り返した。

「何だい。これ、角屋のお安さんが持ってきたのかい」

「うん。次郎助が」

今朝、葉つきの蜜柑を持って訪れたのだ。かごを受け取りながら次郎助を見上げると、目尻を下げて顎をしゃくった。

「今から大川端で凧揚げするからよ、若者組で。お前えも来いよ」

「へえ。凧揚げかあ」

一瞬、気を惹かれたけれど、通りにたむろして大声で話す若者や見慣れない娘らの姿が見えて怖じけてしまった。

若者組は三河町の若い衆だけが寄り合う集まりで、祭ともなれば町の顔役を助けて力仕事を引き受けたり、町内の草引きや溝浚いもする。年長の者は年若へ、町内での振舞い方や酒の呑み方、娘とのつきあい方まで伝授し、組の中での出来事は親にも口外無用とされているらしい。

大川端は空が広くて、気持ちいいだろうなあ。

おゆんは川沿いの景色を思い浮かべながら、小さく溜息を洩らした。お亀婆さんやお安とはいくらでも話せるのに、知らない相手には何でこうも腰が引けるのか、時折、自分を持て余してしまう。

引っ込み思案なのは子供時分からで、今朝も次郎助の仲間がつれていた娘らに気後れしたのだ。それはもう、自分でもわかっている。明るい色の晴れ着を着て、自信満々に振舞う娘らは、おゆんには眩しすぎた。そして皆が賑やかに騒げば騒ぐほど、ぽつんと輪からはみ出す己の姿が目に浮かぶ。

今年こそはどんよりしてないで、ちっとは陽気になろうって思ってたのに。二日目で挫けちゃったなあ。

段梯子を下りてくる足音がして、三哲がはだけた胸を掻きながら入ってきた。

「何だ、婆さんか。朝っぱらから代わり映えしねぇな」

「婆さんて言うな。だいいち、世間の朝はとっくに終わってるよ。もう昼九ツだ」

「へっ、世間と一緒でたまるか。俺には俺の朝があらあ」

どかりと坐り、炬燵に足を入れる。お亀婆さんはまだつけつけと文句を言いながら、声は三味線のように弾んでいる。三哲も「おゆん、酒だ」と張り切って、肩に羽織っていた褞袍に腕を通した。

「今日こそ婆さんを潰してやる」

「婆さんて言うな」

おゆんはお安にもらった田作りの小鉢を茶簞笥から出し、長火鉢で燗を始めた。

「伊達巻も沢山くれたんだけど、ゆうべ、お父っつぁんが一遍に食べちゃった」

「相変わらず食養生しないねえ、医者のくせに」

「そりゃあ、養生したら長生きするだろうよ。けど躰に気をつけすぎる奴らを見てみねい。揃ってつまんねぇ顔をしてやがる」

遠くで鼓を鳴らす音がする。初春を祝う門付け芸人が町を巡り始めているのだろう。

「さ、おばちゃん」

おゆんが徳利を持ち上げると、「はい、いただきましょ」とお亀婆さんは懐から自前の猪口を取り出した。三哲にも注いで徳利を火鉢の猫板の上に置くと、三哲が「何でえ」と下唇を突き出した。

「お前ぇも呑めよ。いやいや、遠慮すんなって。今日は年玉がわりにありったけ呑ませてやる。どうだ、参ったか。気前のいい父親だろう」

恩に着せられてまで呑みたいことはないんだけどと思いながら、酌をしてもらう。

「おやまあ、いい呑みっぷりだ。おゆんちゃん、いける口だね」

「いけるってもんじゃねえ。こいつ、底なしだ」

「やだねえ。口の軽いお前さんが、何でそんな大事を内緒にしてた」

生まれつきなのだろうか、おゆんはいくら呑んでも酔ったことがない。三哲のように唄って踊って騒ぐわけじゃなし、次郎助のようにすぐに眠くなるわけでもない。酔わないのに呑んでも勿体ないような気がして、ふだんは晩酌にもつきあわないのだ。

あたしはきっと、養生しすぎるお年寄りみたいにつまらない顔をしているに違いない。

また鼓の音がする。おゆんはしばらく耳を澄ませて、そっと立ち上がった。土間に下り、板戸を閉て切った戸口に向かう。

「ごめんください、どなたかおいでじゃありませんか」

板戸を叩いている。この音だったのかと、おゆんは潜り戸の閂を抜いた。その途端、倒れ込むように男が入ってきた。

「ああ、良かった、おいでなすった」

肩で息をしながら、矢継ぎ早に喋る。

「こちら、小児医さんだと近くで伺ったもんですから。それはひどい熱で。先生、おられますか」

「え、ええ、おります。ちょっとお待ちください」と頭を下げつつ、思いついて訊ねてみた。

「お子さんの熱はいつからですか」

「詳しいことは承知しておりませんで。いえ、熱が出ているのは手前が奉公してる家のお子でして。手前、駿河町で太物を商っております坂本屋の手代にございます」

駿河町はここから十町ほど南で、この辺りより遥かに繁華な界隈だ。医者も多いだろうにと不思議に思った途端、その意を汲んだように男が「いえ」と言葉を継いだ。

「かかりつけのお医者がおられるんですが、あいにくお留守でして。それから方々、心当たりを訪ねたんですが、どちら様も」

よほど走り回ったのだろう、額に大粒の汗を浮かべている。おゆんは縁台に男を坐らせて茶の間に戻った。わけを話すと三哲は「正月だぜえ」と半身を反らし、後ろ手をついた。

「皆、居留守を使ってんだ。うちもそれで行け」

「いるって言っちゃったよ。それに、ひどい熱だって」

「そんな重いのを引き受けてどうする。俺が診るのは三つだと、いつも言ってるだろうが。寝冷えに風邪、腹下し。まあ、夜泣きも何とかしないではねぇが」

するとお亀婆さんが「だろうねえ」とうなずきながら、手酌を始めた。

「駿河町の坂本屋といえば、そりゃあ大した太物問屋だ。医者を迎えるとなりゃ四枚肩を雇って来てる。ありゃあ、藪医者なんぞが乗っかる代物じゃないさ。おゆんちゃん、目を離したすきに裏から湯屋に行っちまったみたいだっつって、帰ってもらいな」

「おい、ちょいと待て。四枚肩って、交替の担ぎ手がついて走るってえ、あの大層な駕籠か」

「あたしは何遍も乗ったけどね。町の者が皆、さあっと道を空けてさあ、まるでお大名かお大尽だ。しばらく噂になっちまって難儀した」

「婆さんも乗ったのか」

「坂本屋の赤子を取り上げたのは、このあたしだよ」

「ちくしょう、方々に顔、売ってやがんなあ」

三哲は何度か舌打ちをしてから、のっそりと片膝を立てた。

「おゆん、次郎助を呼んでこい。薬箱持ちだ」

「次郎助は留守だと思う。たぶん」

「ちぇ、間に合わねえ奴だなあ。大店の患者を診るってのに、俺一人じゃ格好つかねえじゃねぇか。仕方ねえ、お前ぇでいいや」

今さらつける格好もないものだと思いながら支度をして、おゆんは振り向いた。

「おばちゃん、ごめんね。ちょっと行ってくる」

「ああ。留守番がてら呑んでるから、ごゆっくり」

三哲は田作りを手摑みで口に放り込むと、「やれやれ。面倒臭えなあ」と茶の間を出る。と、お亀婆さんが燗をつけながら呟いた。

「あたしがこの世に迎えた子を持ってかれるんじゃないよ。死なせるんじゃない」

三

医者と供の者用に二挺も雇われていた駕籠はまるで滑るような乗り心地で、膝の上に抱えた薬箱はことりとも音を立てなかった。しかも目の前の坂本屋はおゆんが想像していた以上の大店で、構えも大きけりゃ門松もお目にかかったことがないほど豪儀だ。

門松の前では女中らしき女らを従えた男が足踏みをしていて、三哲とおゆんを見るなり血相を変えた。

「良順先生じゃないのかい、これだけ時を喰っておいてどういう仕儀だ」

方々を走り回った手代は、息せき切って事の次第を説明した。

「お出かけならばその行先を訪ねてお迎えに上がりなさいよ。気が回らないねえ。それにしても、良順先生も先生だ。こんな時のためのかかりつけじゃないか」

男はまだ三十路に届いていなさそうな細面で、この家のあるじらしい。三哲がおゆんの傍に寄ってきて、耳許で言った。

「なあ、やっぱ帰ぇろうぜ。ここんち、面倒そうだ」

それが聞こえたのか、あるじはこっちを盗み見しながらまた責め口調だ。

「お前、本当にお医者をつれてきたのかい」

三哲はその昔、何で医者らしい格好をしないのかと近所の者に訊かれて、こう答えたらしい。

一目で医者とわかる形で町を歩いてみろ。やれ、茶店の客が癪を起こしただの、尻のおできがどうのと袖を引かれる。そうでなくとも、医者と見りゃあ己の不具合を思い出す奴が多いんだ。うかうか団子も喰ってられねえ。

三哲は盆の窪に手を当て、ふあと欠伸を洩らした。

「こちとら、どうでもってえ拝まれたから、祝膳をほっぽらかして来てやったんだがな。ま、いいさ。帰りもこの駕籠を使わせるんなら、駄賃は勘弁してやる」

何でも面倒がるのに、恩を着せるのだけは忘れない。

「仕方あるまい。こちらに入ってもらいなさい」

あるじは女中に命じながらもいかにも渋々で、「何が何でも、良順先生を摑まえて来なさいよ」と手代を追い立てている。また走らされる気の毒な手代を尻目に、三哲とおゆんは母屋に通された。

女中の案内で薄寒い廊下を長々と歩き、奥の座敷に入った途端、むっと熱い臭いが鼻をつく。閉て切った部屋に猫足の火鉢がいくつも置かれ、ふんだんに盛られた炭が盛大に熾っている。その中央には枕屏風を立てた蒲団の小山があった。

小山の右手には銀髪混じりの女が、左手にはさっきのあるじの女房らしき若い女が坐っていて、二人とも豪奢な小袖を着ているがさすがに暑いのだろう、袖を抜いて白い綾絹の内着だけになっている。腰から下だけが松竹梅のめでた尽くしだ。

こっちを認めるなり眉を弓なりにしたのは二人同時だったが、「良順先生は」と声を尖らせたのは銀髪の方だった。と、おゆんは肩をどんと突かれた。あるじが入ってきたのだ。

「それがね、お留守だって言うんですよ、おっ母さん」「何ですって。じゃあ、小伝馬町の先生は」「いえ、あすこも」と同じようなやりとりが続く。

「良順先生んちにはもう一遍走らせたから、お着きになるまで辛抱して……」

銀髪とその倅は不服そうに、何度も溜息を吐いた。

三哲も負けじと「帰りてえ」を繰り返し、厭々の素振りを隠さない。

するとそれまで黙っていた女房だけが膝を動かして、三哲をひしと見上げた。

「昨夜からひどい熱で、置き薬じゃもう、どうにもならなくて。お願いします、どうかこの子を助けてくださいまし」

もしものことを想像して何度も泣いたのだろう、目の下の涙袋が赤く腫れている。それにしても大層、綺麗なひとだとおゆんが思った途端、三哲がずいと背筋を立てて奥に進み、母親の隣りに腰を下ろした。ちゃっかりしてるなあと呆気に取られながら、おゆんも薬箱を抱えて近寄る。

何枚もの掻巻をかぶせられた子供は四、五歳だろうか、母親似の愛らしい丸顔は火がついたように赤く膨れ、髪は汗で濡れて額に張りついている。三哲はしばらく子供を覗き込んでいたが、ふうむと顎に手を当てながら重々しく口を開いた。

「こりゃ、えれえ熱だ」

「だからそう言ってるじゃありませんか。もたもたしてないで、早くこの熱を下げる薬を処方してくださいよ」

あるじは苛立たしげに念を押すが、三哲は珍しそうに目を瞠って掻巻を触っている。掻巻は着物のように腕を通せる上蒲団だ。

「餓鬼のくせにずっしりと上等なもん、使ってやがるなあ。ほう、この宝船、金糸の刺繍じゃねえか」

「だから薬っ」

三哲はまだ掻巻の上に屈み込んでいて、「おゆん」と呑気そうに呼んだ。

「解熱に使うあれとあれをな、出しといてくれ。薬匙と秤もな」

むにゃむにゃと指図されて、おゆんは泡を喰った。処方の手伝いなど初めてなのだから、あれとあれだなんて皆目、見当がつかない。しかも三哲はふだん往診の依頼なんぞ受けないのだ。

この薬箱って、もしや何年も使っていないんじゃや。恐る恐る中を覗くと、ひからびた生姜のような物が埃とも黴ともつかぬ色にまみれて転がっていた。慌てて蓋を閉じたが、心ノ臓が口から飛び出しそうだ。

どうしよう。こんな薬箱じゃあ、熱さましなんてとても用意できない。

「はあ、やっと出てきた、まるで蓑虫だな、こりゃ」

掻巻をめくった三哲は子供の手を探り当てたらしく、脈を取っている。子供をはさんで向かい合わせに坐る姑と女房が、また同時に身を乗り出した。

「いかがですか」

「うん、この脈は」

三哲が口ごもると、女房がひっと咽喉の奥を鳴らした。

「大晦日に外出なんぞ、したからだわ。外で風邪をもらってきたんです、この子。ずっと機嫌よく息災に過ごしてたのに、あんな寒い年の瀬に出かけるから。可哀想に」

声を詰まらせる。すると姑が眉を逆立てた。

「だから、風邪をひいたのは外出のせいじゃないって何度も言ってるでしょう。卯太郎、ここはっきりさせておきますけどね、元はと言えばおさちが晦日に湯冷めさせたのが始まりですよ。夜半から冷えそうだからおよしって、私は止めたのに」

姑はかたわらに坐る倅に言挙げしている。女房のおさちはそんな二人を上目遣いで見ながら何度も前のめりになったが、やがて肩を落として唇を噛んだ。ふと振り向くと、障子の際に控えている女中らが目配せし合っている。どうやら、姑と嫁の不仲は年季が入っているらしい。

「な、何をなさる」

「やめろ」

「およしくださいませ」

顔を前に戻すと、子供の脈を取っていたはずの三哲が掻巻をはぎ取っては、足元に放り出していた。姑と若夫婦の悲鳴に負けじと、三哲が声を張り上げた。

「おゆん、障子を開けろ。全部だ」

とまどいながらも立ち上がって障子に向かうと、「正気の沙汰じゃありませんよ」と姑が鋭い声を出した。

「病人が寒い寒いと震えてるのに、寝間を冷やす医者がどこにいます。ほんにもう、坂本屋がこんな、いかさまな医者しか呼べないなんて何の因果やら、情けない」と溜息を吐き、眉間をしわめた。

「なかなか子ができない嫁をこらえにこらえて、ああ、やっとと思ったらひとの言うことに耳を貸さないで、何でも思い通りにして。挙句がこのざまですか。卯太郎、この子にもしものことがあったら、今度こそおさちを里に帰しますからね。でないと、ご先祖様に申し訳が立ちませんよ」

矛先が変わるにつれて、卯太郎の細い頰がへこんでいく。「はい」「はい」としばらく返事をしていたものの、ふいに何かを思い出したような顔をした。

「良順先生はまだか。遅いにもほどがある」

そそくさと席を立ち、おゆんの脇を通り抜けていく。が、廊下を何歩か進んでつと足を止めた。総身で溜息を吐いたかのように、その後ろ姿は萎んで見えた。

「おゆん、ぼんやりと突っ立ってねえで障子を引け。外の、庭に面したのも全部だ」

「やめなさいと言ってるでしょう。あんたたち、その小娘を止めなさい」

女中の何人かが腰を上げ、おゆんの肩や腕に組みついてきた。べっとりと汗ばんだ掌に手首を摑まれる。すると三哲が「おい」と大きな声を出した。

「邪魔立てするんなら本当に帰えるぞ。その代わり、この子は躰じゅうの水気が脱けて死ぬ。見殺しにするのはあんたらだ。どうする」

気位の高そうな姑は眦を引き攣らせて三哲を睨み返し、おさちは泣き声を上げる子供におおいかぶさるように抱きしめた。おゆんは女中らの手を振り切って、障子を引いた。

お父っつぁんが何をしようとしているのかはわからないし、藪だってことは思い知らされているけれど、確かにこの部屋は暑すぎて、息苦しい。

けれどせっかく開けた障子を、女中らが片端から閉めていく。また開けて回る。

「ああ、何て音。病人に障るじゃありませんか。障子は静かに閉てるものです。静かに」

姑の叱責に女中らが気を取られた隙に、おゆんはすべてを開け放した。

幾筋もの風が陽射しをつれて入ってきた。庭越しに、通りの賑わいまで流れ込んでくる。

「飲み水と綿だ。箸も。急げ」

三哲の言いつけにおさちが「誰か、お願い」と叫んだ。女中らは「はい、ただいま」と転がるようにどこかに向かう。するとおさちも飛び出してきて、誰よりも先に廊下を行く。

「おさちまでこんな医者の言いなりですか。ああ、もう滅茶苦茶。卯太郎、卯太郎はどこだえ。こんな時にあの子はいったい、何をしてるんです」

おゆんは三哲をちらりと見たが、腕を組んで目を閉じている。一瞬迷って、そのまま女中らの後を追った。廊下の角を折れ、とっつきに入ると、女衆が何人も立ち働いている台所だった。

おさちは土間の水甕の前にいた。柄杓を持つ手が震えて、湯呑みにうまく入らない。気の毒に、お父っつぁんが「死ぬ」だなんて口にするからだ。

かたかたと硬い音が小刻みに響き、女中らは水が零れて滴る湯呑みを遠巻きに見つめている。手伝おうと傍に近づくと、おさちは柄杓を使いながら口の中で何かを呟いていた。

「大晦日は木枯らしが吹いてたのに、お墓参りにつれてったりして。今日は堪忍してくださいってあんなに頼んだのに、この子は坂本屋の子なんだからって私の手を振り払って。湯冷めなんてそんなの、私がさせるわけないじゃない。なのにあの子に何かあったら全部私のせいで、子ができない間も二言目には里に帰すって脅して。あの人はいつも逃げ回って、私を置き去りにして」

よほど肚に溜まっていたのだろう、台所から引き返す途中もふつふつと泡のように呟き続けている。座敷に入ると、掻巻をかぶせようとする姑とそれを奪おうとする三哲が揉み合っていた。

「躰を拭け。手早くだぞ。それから着替えだ」

三哲の指図で、おさちはまた部屋を飛び出す。

「おゆん、水を飲ませろ。しっかり飲ますんだぞ」

綿に水を含ませて、子供の微かに開いた口にあてた。熱で唇はからからに乾いて、ひび割れができている。子供は何度かむせながらも咽喉を懸命に動かしている。

おさちが戻ってきて、子供の着物を脱がせ始めた。いったい何枚着せていたのやら、菜っ葉みたいにめくれどめくれど裸が出てこない。やっと脱がせ終えると、子供はぶるりと身を震わせた。

「着替えなんぞ後で女中にさせます。それよりも熱さましの薬を。薬を早く用意なさい」

姑が何度も畳を叩くと、三哲はひょいと首を横に倒した。

「薬なんぞ要らねえよ」

「要らないって、あなた、さては熱さましも処方できないんですか」

「だから必要がねぇんだよ。そもそも、こんなに汗が出てるってのは熱が下がりかけてる証だ。自分で治ろうとしてんだよ、この子は」

子供の躰を拭いていたおさちは「本当ですか」と、顔を上げた。が、姑は目をむく。

「こんな幼い子が自分で自分を治すですって。言うに事欠いて、出鱈目を並べるんじゃありませんよ。まことに熱が下がったのであれば、それは私が指図して部屋も躰も暖めさせたお蔭でしょう」

おさちはちらりと姑に目を這わせたが、顔をそむけるようにして手拭いを桶に浸した。白い掌の中で、手拭いはきりきりと音を立てそうなほど絞り上げられてゆく。

「発熱したら暖めて汗を出させるんがいいって療法は、ありゃあ迷信だ」

「迷信なんぞであるものですか。昔から皆、こうして看病してきたんです」

「そう。人の躰ってのは、熱が下がって治りかけたら自ずと汗を出すものでね。それを見た昔の誰かが、汗を出させたら治ると思い込んだ。その実は逆さまなんだよ」

「でも、現に、本人も寒いと」

「さて、そこだ。躰の中に入り込んだ風邪の神様はちょいと意地が悪くてな、己の躰の熱を感じる目盛を狂わせちまうんだ。躰は途方もなく熱いのに本人は寒いと思い込む。そこに重い掻巻をかぶせて部屋を暖めたら、弱ってる子を炬燵ん中に閉じ込めるようなもんだ。そしたらどうなる。総身の水気が脱けちまうんだよ。風邪が怖いのは熱じゃねえ、脱水の症だ」

姑は「馬鹿馬鹿しい。そんな理屈、聞いたことありませんよ」と言い張っている。が、子供の躰を拭き終えたおさちは肌衣を着せ、その上に着物を重ね始めた。

「ああ、そんなに厚着させるんじゃねえ。子供は薄着がいい」

おさちは不安そうに三哲を見返していたが、思い切ったように着物を減らし、子供を寝かしつけた。

風を入れ替えた座敷には手焙り一つを残して、すべてが片づけられた。蒸れたような暑さだった座敷の気が変わって、おさちの顔つきもまるで異なっている。子供の頰から赤みが引き、寝息が穏やかになりつつあるからだ。

姑はしばらく拗ねたように口をつぐんでいたが、孫の寝顔を見て「良かった」と呟いた。おさちは素知らぬ顔をして、何枚もの着物を畳み直している。廊下でばたばたと音がして、卯太郎が戻ってきた。

「おっ母さん、良順先生がいらっしゃいましたよ。やあ、これで安心だ」

卯太郎の後ろには、頭巾に綿入りの十徳を着込み、襟巻をぐるぐると巻いた爺さんが寒そうに立っていた。三哲は「さあて」と腰を上げた。

「やっとお役御免だ。おゆん、帰ぇるぞ」

おさちは手柄顔の亭主とかかりつけの医者に目もくれず、三哲に頭を下げた。

「お蔭で、命拾いをいたしました」

「これからはお蚕ぐるみにしねぇで、精々、外で遊ばせてやんな。今なら、そうだな、凧揚げがいい。いやいや、周囲の大人が揚げてやるんじゃ坊の得にならねぇよ。凧揚げは空に向かって顔を上げるから、呼気をたくましくして手足も鍛えてくれる。先生、そうだよな」

いきなり呼びかけられた爺さんは、「ふん、いかにも。そもそも凧揚げなるものは」と講釈する。「なるほど」と相槌を打つのは卯太郎だけだ。が、母親と女房がまるで自分を相手にしないことに気がついたか、しゅんと黙り込んだ。

三哲は目玉をぐるりと回して姑を一瞥してから、おさちに目を据えた。

「あんたな、勘違いしちゃあならねぇよ。今日はたまたま違ってたがな、代々の親が養ってきた知恵を侮っちゃならねえ。まあ、蔵ん中の物よりは役に立つから、精々、もらっとくが身の為ってことよ。いや、何でも鵜呑みにしろってことじゃねえ。すべては己が選んで決めたことだ、そう思えるように何でも自身で試してみるこった」

姑は黙って孫の頭を撫で、おさちは三哲をまっすぐ見つめて「ええ」とうなずいた。

三哲はいったん廊下に出てから寝間を振り返り、卯太郎に向かって太い指を突きつけた。

「おい、今度、逃げ出してみろ。恋女房を失うぜ」

帰り途の通りには獅子舞いや鳥追い、猿回しが賑やかに繰り出して、大人も子供も拍子を取りながら見物している。笛に鼓、小太鼓の囃しが江戸市中に響き渡る。三哲が胸を反らせて何かを言うが、音に紛れて聞こえないほどだ。耳を寄せると、あんのじょう自慢話だった。

「俺の説法は寺仕込みだからよ、効き目が並大抵じゃねぇわ。おゆん、あの姑の顔、見たか。己の立つ瀬浮かぶ瀬に、嬉し泣きしてたじゃねえか」

泣いてはいなかったけれど、坂本屋を出てしばらくして姑が追いかけてきたのだ。何も言わず、三哲の胸に包みを押し当てた。

「あれだけの構えだからな。隠居でもしこたま持ってるだろうと踏んではいたが、開けてびっくり三両とは恐れ入る。いやあ、今年はついてるぜ」

三哲がはしゃげばはしゃぐほど、おゆんは興ざめしていく。

算盤ずくの説教に、「もう逃げ出すな」なんて偉そうなおまけまで付けて。患者をほっぽらかして逃げる医者が他人様に言えた義理じゃない。それに、熱さましの薬をせがまれた時のむにゃむにゃも、あんまりだ。三哲はその場しのぎのお鉢を娘に回したのである。

と、おゆんは思い出した。ずっと何かを言おうと思っていたのだ。そうだ、「坊」だ。

「ねえ、お父っつぁん、あのお子、坊やじゃないよ。女の子。着物がほら、赤や桃色ばかりだったでしょ」

と言っても、どうせ見てやしないか。三哲は一瞬、きょとんとしていたが、大声で笑い出した。

「そうか、ついてなかったか」

どら声に辟易しながら、おゆんはろくでもない薬箱を抱え直した。

江戸の初空に、富士の山が青く映える。その手前で、いくつもの凧が風に吹かれて揺れていた。

春の夢

あさのあつこ

一

その家は道の突き当たりに建っていた。

竹の網代垣(あじろがき)で囲われている。

軒(のき)に灯籠(とうろう)が吊るしてあった。まだ灯(ひ)は入っていない。その灯籠が菱餅(ひしもち)に似た奇妙な形をしている以外、これといって目を引くところもない、ごく普通のしもた屋だった。

後ろ手は竹林だ。

屋根を遥かに超す竹が薄闇(うすやみ)に融(と)けて、黒い塊(かたまり)になろうとしている。

風の日はさぞやうるさいだろう。

お春(はる)がそんなことをふと思ったのは、生家の裏にも竹林があったからだ。風が少し強く吹くと、ざぁざぁと乾いた音をたてて揺れた。

海鳴りのようだと母が言った。

生家は山間(やまあい)の村のさらに奥まった場所にあって、海とは何十里も隔(へだ)たっていたから、母はいつ海の鳴る音を聞いたのだろうと、子ども心に不思議だったことを覚えている。

風が吹けば竹林は、海鳴りを模してざわめく。

故郷の音だ。

いつの間にか忘れていた。

垣の間に形ばかり設けられた枝折戸(しおりど)を押す。一歩、二歩、踏み出す。お春の足はそこで止まった。腰高障子(こしだかしょうじ)の戸はぴたりと閉まっている。内側が仄(ほの)かに明るいのは灯(とも)が灯っているからだろう。

耳を澄ませてみる。

人の気配は僅(わず)かも伝わってこない。足音も物音も聞こえないのだ。ここまで静かな所だとは思っていなかった。音という音がみな、竹林の風にさらわれたようだ。

どうしよう。

躊躇(ためら)う。足が前に出ない。

ここまで来て、躊躇ってどうするの。

自分を叱る。自分で自分を鞭打(むちう)つのだ。牛馬(ぎゅうば)を打つように。

「うちにご用ですかのう」

不意に声をかけられた。文字どおり飛び上がってしまった。振り向こうとして足がもつれ、危うく尻もちをつきそうになる。

「おや、驚かせてしまいましたかの。ご無礼でした。ほほ」

白髪を達磨返(だるまがえ)しに結(ゆ)った老女が口を窄(すぼ)め、笑う。お春の肩のあたりまでの背丈だった。白っぽい着物に紺の前掛けを締めている。大きな笊(ざる)を抱えていたが、その中には土の付いた大根と葉物が山盛りになっていた。

「横手のところに畑がございましてね」

老女は笑(え)んだまま言った。

「季節季節の野菜などを作っておるのです。今年は大根が殊(こと)の外(ほか)、上手(うも)う作れましてね。ほほ、大根の時季ももう終わりですけどの」

「はぁ……」

どこの国の訛(なまり)だろう。老女の口吻(こうふん)にはお春の知らない柔らかな抑揚があった。

この人だろうか。

「あの……」

「はい」

老女が微笑(ほほえ)む。語調に劣らない柔らかな笑顔だった。

「あの、おゑんさんでいらっしゃいますか」

「いいえ」

「違うんですか」

「違いますの」

老女はそれだけ言うと、お春に背を向けた。障子戸に手をかける。戸は音もなく横に滑り、お春の目に土間と上がり框が映る。どちらにも塵一つ落ちていないようだ。

「お上がりになりますかいの」

老女が首を捻り、お春を見やる。

「あ……はい、あの……」

「お上がりになるんでしたらの、一番奥の部屋にお座りになっといてくださいまし。そこで暫く待っといてもらうことになりますで。洗い水が盥に入っとります。手拭は框にございます。お手数ですがご自分で、お手とお足を濯いでくだされませ」

老女は笊を抱え直すと、足早に遠ざかっていった。小さな後ろ姿が先ほどよりさらに濃くなった闇に紛れ、消えていく。

お春の前に、開け放たれた玄関があった。

ゆっくりと足を踏み入れる。

青い匂いが鼻孔に流れ込んできた。

竹の匂いだ。

この家には竹の匂いが満ちている。

土間の隅に小盥が置かれ、水が張ってあった。老女の言うとおりだ。手と足を洗い手拭で拭(ぬぐ)う。寒くはなかった。この数日で、ずい分と春めいてきた。夜気(やき)でさえ暖かく湿っている。

梅はとうに開いた。桜も直(じき)に咲くだろう。春の盛りが巡ってくる。お春が名前をもらった節(せち)だ。

廊下を歩く。廊下は壁と襖(ふすま)に挟まれていた。掛(か)け行灯(あんどん)が灯っている。柱も廊下も橙色(だいだいいろ)の淡い明かりを受けて艶(つや)めいて見えた。磨き込まれているのだ。お春も女(じょ)中奉公(ちゅうぼうこう)の身だからよくわかる。これほどの艶を出そうとすれば、糠袋(ぬかぶくろ)で丹念(たんねん)に磨きあげなければならない。さっきの老女の仕事だろうか。

お春は行灯の下で立ち止まった。

何か聞こえなかっただろうか?

呻(うめ)き声のようなものが……。それとも、風の音か空耳だろうか。

耳をそばだてる。何も聞こえない。軽く息を吐く。

目の前に襖があった。全体に薄く青海波(せいがいは)が描かれている。どきりと心の臓が鼓動を刻む。深川八名川町(ふかがわやながわちょう)の呉服問屋、駒形屋(こまがたや)の離れ座敷にもよく似た襖が設(しつら)えてあった。

その座敷で、二年もの間、聡介(そうすけ)と逢瀬(おうせ)を重ねてきた。

　聡介は間もなく、嫁を迎える。

「松江屋の娘との祝言、日取りが決まったよ」

　聡介がそう切り出したとき、お春はさほど驚かなかった。狼狽も、取り乱しもしなかった。

「そうですか」

　普段よりやや掠れてしまった声で、短く答えただけだった。

「いつですかとは聞かないのかい」

「聞いても詮ないことでしょう」

　くっくっくっ。

　聡介が喉を震わせ、くぐもった笑声を漏らす。

「おまえは本当に聞き分けの良い娘だ。女がみんなおまえのようなら、苦労はないけどね」

「お春……可愛いよ」

　聡介の指がお春の乳房を撫で、乳首を玩ぶ。

「若旦那……」

「女房なんて……ただの飾り雛だ。おれが……心底惚れているのは、おまえだけだからな。おまえだけなんだよ。あぁお春、おまえの身体ときたら……おれはもう……」

夜具に包まり、目を閉じる。男の喘ぎと睦言に染められていく。この一時、お春は自分を淫乱な雌だと感じる。男の実の無い言葉に容易にほだされる心は、手技に応じてしまう身体は、どうしようもなく淫乱ではないか。

真夜中だ。遠くから犬の遠吠えと按摩の笛が聞こえてきた。

聡介の祖父、先代駒形屋聡兵衛の病室だった離れの一間には、まだ、薬草の臭味が強く残っていて、お春を落ち着かない気分にさせた。聡介との目合をこの部屋のどこかから聡兵衛が見ているようで、少し怖い。

中風で寝たきりになった聡兵衛を、お春は十六の歳から三年間世話してきた。駒形屋に雇われたのが十五の冬のはじめ、聡兵衛が倒れたのは三月も経たない翌年の松の内だったから、病人の世話のために奉公にあがったようなものだ。

一代で財を築いた者がそうであるように、あるいは、不治の病を背負い込んだ者がそうであるように、聡兵衛は気難しく横柄で、我儘だった。中風の障りのために言葉が不鮮明であるにも拘わらず、お春が解せないで迷っていると激しく憤り、ときに、こぶしを振り上げたりもした。湯呑みの茶を振りかけられたこともある。突然に前触れもなく癇癪を爆発させ、怒鳴り、暴れる。折檻に近い仕打ちを受けたことも度々だった。

後を継ぎ二代目駒形屋聡兵衛に納まった息子も、その女房であるお吉も、孫になる聡介もめったに離れには近づかない。十日に一度か二度、顔を覗かせればいいほうだった。それもちょろりと、瞬き三回分ほどの短さだ。おざなりとしか言いようがなかった。

思うように動かない我が身に老人は焦れ、肉親の薄情さに熱りたつ。焦っても熱りたってもどうにもならない。その苛立ちが全てお春にぶつかってきた。十六の娘が受け止めるには激し過ぎる、険し過ぎる情動だった。

もうだめだ。もう我慢できない。

暇をもらおう。逃げ出そう。

幾度も思った。荷物を風呂敷包み一つに纏めたこともある。それでも踏みとどまったのは、駒形屋を飛び出ても帰る場所がなかったからだ。父も母も既に亡い。生家を継いだ兄とは腹違いで、十二もの歳の開きがある。所帯を持ち四人もの子がいる実兄は、口減らしのために妹を奉公に出した。他人よりも遠い人だ。

帰る場所がなければ、踏みとどまるしかない。幼いときから、耐えることは習い性になっている。

だいじょうぶ、だいじょうぶ、だいじょうぶ。

胸次で自分に言い聞かす。

こんなこと何でもない。十分、耐えられる。

覚悟を定め、お春は老人に向かい合った。身体を拭き、下の始末をし、食べ物を口に運ぶ。床擦れ一つ、作らないように心がけた。徐々に弱っていく老人は衰弱と歩を揃えるように大人しくなり、静かになる。病が身体だけでなく気力も蝕んでいくのだ。最後の半年、老人は人が違ったかのように優しかった。

「お春のおかげだ」「お春がいてくれてよかった、よかった」「お春に向かって手を合わせて拝みたいぐらいだよ」。これがあの厳格で短気な大旦那さまかと戸惑うほどの変わりようだった。

報われた気がした。

耐え忍んできた甲斐があった。心底から思い、長い吐息をついた。間近に迫っているだろう老人との別れを切なくさえ感じた。

その夜も老人の身体を丁寧にくまなく清拭し、下着を取り換え、薬湯を与えた。老人が寝入る前の、いつもどおりの手順だった。

「大旦那さま。これで、ぐっすりお休みになれますよ。痛いところや気持ちの悪いところは、ございませんよね」

「あぁ……お春のおかげで、いい気持ちだ」

「それはようございました。では横になりましょうか。座ったままだとお辛うございましょう」

背凭れを取ろうとしたお春を老人が止める。

「お春、おまえは本当にわしによくしてくれたな。よく尽くしてくれた。礼を言わねばならん」

「そんな、大旦那さま。もったいのうございます」

「褒美をやろう」

「は？」

「褒美をやるから、もうちょっと、こっちに……」

にじり寄ったお春の膝の上に一両小判が載った。

二

「まっ、大旦那さま、これは」

「だから褒美だよ。おまえにやろうと言うんだ」

「こんな大金……をですか」

「そうとも。おまえにくれてやるなら一両が十両でも惜しくはない。だから、な、お春」

「え？」

手首を摑まれ、引っ張られた。老人にそんな力が残っているとも、そんな欲が溜まっているとも思っていなかったから、お春は不意をつかれ身体の均衡を崩してしまった。夜具の上に倒れ込む。

「お春、頼むから一度だけ……」

太股の上を指が這う。乾いて硬い指がもぞもぞと動き回る。悲鳴を上げていた。老人を突きとばし、座敷を走り出る。廊下に出たとたん、人とぶつかった。後ろによろめく。

「おいおい、どうしたね、お春。そんなに血相をかえて」

聡介だった。微かな酒の香りを纏っている。その酔いのせいなのか、珍しく祖父を見舞う気になったらしい。

「若旦那」

「うん？　どうしたんだ、その顔は？　いったい何が」

聡介が途中で口をつぐむ。悟ったのだ。

「祖父さまに、無体を？」

かぶりを振る。涙があふれ出た。熱い滴りになって零れ落ちる。

「あぁ泣かなくていい、泣かなくていい。そうか、酷い目にあったな。可哀そうに」

可哀そうに。その一言が胸に染(し)みた。

「若旦那。あたし、あたし……」

泣きながら、全てを告げる。涙と言葉が絡(から)まり合いながら、お春の内から流れ出ていく。

そうか、そうかと聡介はうなずいた。

「そうか、そうか。祖父さま、死にかけているくせにまだそんな生臭いことを仕掛けてきたのか。まったく、どうしようもないね。お春、もう泣かなくていいよ。可哀そうにね」

可哀そうに、可哀そうに。聡介が繰り返す。それは呪文(じゅもん)のようにお春を楽にしてくれた。閊(つか)えていたもの、伸(の)し掛かっていたもの、絡んでいたもの、全てを取り去ってくれた。

「もう泣かなくていいから」

聡介がそっと肩に手を回す。

若い男の匂いが身の内を満たしていった。

初代駒形屋聡兵衛が息を引き取ったのは、それから三日後の明け方のことだった。

もう二年も昔のことだ。

お春は今年、二十一になった。まだ、駒形屋で働いている。聡介と懇ろ(ねんご)になり、薬草の臭いの染み付いた座敷で何度も身体を重ねた。

そして、身籠(みごも)った。

産んではいけない子だ。

この子を産めば、駒形屋にはいられなくなる。それは、乳呑み児(ちのみご)を連れて彷徨(さまよ)うことを意味していた。

江戸という町で行き場を失った女がどうなるか、よくわかっている。場末の女郎(じょろう)に身を落とすならまだしも、赤子を連れて大川(おおかわ)に飛び込むしかなくなる。そんな悲惨なところまで追いつめられてしまうのだ。

それだけは嫌だ。

もしかしたらと考えたこともある。

もしかしたら若旦那は産めと言ってくれるかもしれない。お嫁さんになれるなんて、儚(はかな)い夢は見ない。そんな大それた望みは抱かない。だけど、どこかに小さなしもた屋でも買ってくれて、住まわせてはくれないだろうか。あたしと赤ん坊とがひっそりと生きていく暮らしを支えてはくれないだろうか。囲われ者でいい。それ以上は何も願わない。日の差さない場所で生きていく術(すべ)は心得ている。

「子ども？」

聡介は眉間に皺を刻んで、お春を見た。

「おいおい、ここに来て冗談は止めてくれよ」

そう言って、ぱたぱたと手を振った。蝿を追い払うような仕草だった。

冗談？

お春は思わず聡介の顔を見詰めてしまった。

冗談を口にした覚えなどない。まるで、ない。

「若旦那、あたしは……」

「お春、おれは間もなく嫁取りをする。相手は松江屋の娘だ。松江屋の所帯はうちの倍はゆうにある。おまえだってあの大店の名前ぐらいは知ってるだろう」

「ええ……」

「そんな大店と縁続きになれるなんて、おれにとっても駒形屋にとっても願ってもない話なんだ。松江屋が後ろ盾になってくれれば、これからいくらでも商売の道を広げていける。おれは絶対に、おことと祝言をあげなきゃならないんだよ。何があってもな」

おこと。それが松江屋の娘の名前だろうか。

お気の毒に。

ふっとそんな思いが脳裡を過ぎていく。

おことという娘を憐れに感じたのだ。聡介の口吻からは、大店松江屋との縁結びに興奮する響きは感じられても、嫁に迎える娘への慈しみは微塵も匂ってこない。聡介にとって、この縁談は伸し上がるための手立て、娘は道具に過ぎないのだ。

こんな男に嫁ぎ、添い遂げなければならない女は憐れではないか。それとも、女は何もかも承知の上で花嫁衣装に身を包むのだろうか。

「お春」

聡介の手が肩を摑んだ。

「おれの話を聞いているのか」

「……聞いています」

「ちゃんと聞け。いいか、今度の祝言にはおれと駒形屋の命運がかかってるんだ。女中風情が妙な気を起こすんじゃないぞ」

「妙な気？」

「おれを脅して金子を巻き上げようとか、あわよくば駒形屋の内儀に納まろうとか、そんな馬鹿げたことを考えちゃいないだろうな」

「まさか」

お春は身を縮めた。

「そんなこと、考えたこともありません。ただ、あたしは身籠ったこと、若旦那にお伝えしたくて……それだけです」

聡介が大きく息を吸い、吐き出した。安堵したのか、表情が緩む。口調も急に柔らかなものになった。

「お春、おまえ、いつだったかもう実家には帰れないって言ってたねえ。駒形屋より他には行き場がないって」

「はい……」

「おれが所帯を持っても駒形屋にいたいんだろう。出て行く当てはないんだろう」

「はい」

「だったら、腹の子を産もうなんて考えるな」

ひやりと冷たい声音だった。研ぎ澄まされた刃物のようだ。

「いいな、腹が目立たないうちに堕ろすんだ」

「若旦那……」

「お春、おまえは聞き分けの良い女じゃないか。今、子どもなんか産めるわけがないって、よくわかってるだろう。そんなことをしたら、おれは破談の憂き目にあうし、おまえは駒形屋にはいられなくなる。松江屋はかんかんに怒って駒形屋とおれを目の敵にするかもしれない。あんな大店に睨まれたら駒形屋なんて一巻の終わりだ。な、得をするやつなんて一人もいないだろう」

　いいな、と聡介がまた、肩を摑んでくる。

　俯いて、わかりましたと答えた。そう答えるしか術はなかった。


　そして、今、ここにいる。

　青海波の襖の前に立っている。

　気息を整え、お春は襖に手をかけた。音もなく滑らかに、戸が開く。そこは、八畳ほどの部屋だった。やはり、隅々まで掃除が行き届いている。ただし、何もない。部屋の隅に無双簞笥があり、床の間の近くで行灯が灯っているだけだ。

　こざっぱりとした何もない部屋に、お春はそろりと足を踏み入れる。微かにお香が匂った。あまり甘くない、清々とした香りだ。

　どこに座ったらいいんだろう。

　戸惑いながら、簞笥の前あたりに腰を下ろした。息を吸い込む度に、お香の匂いが身体の内に流れ込んでくる。流れ込んでくる度に、身体の凝りがほぐれていくような気がした。いや、身体だけではない。凝り固まっていた心のどこかがゆるゆると解けていく。

　お春は簞笥にもたれ、目を閉じた。

なんて心地よい香りだろうか。

竹林を過ぎていく風の音が聞こえる。

それも心地よい。

ざぁざぁざぁ、ざぁざぁざぁ。

ざぁざぁざぁ、ざぁざぁざぁ。

身体も心も風音と芳香の底に沈んでいく。

ざぁざぁざぁ、ざぁざぁざぁ。

ざぁざぁざぁ、ざぁざぁざぁ。

身体が心が、解け蕩けていく。

お春、お春。

名前を呼ばれた。母の声だ。とても懐かしいのに、半ば忘れかけていた声だ。

お春、お春、帰っておいで。

おっかさん。

母が笑いながら手招きしていた。

お春はまだ肩上げもとれない童の姿だ。赤い兵児帯を締めて、赤い鼻緒の草履を履いた小さな女の子。

おっかさん。

お春、まんまだよ。おまえの好きな豆腐のおつけだからね。帰っておいで。帰っておいで。

あぁ帰ってもいいんだ。あたしには帰る家があったんだ。ちゃんと、あったんだ。

母に駆け寄ろうとした。両手を広げ飛びつこうとした。そのとたん、母の姿が掻(か)き消える。消えてしまう。

嫌だ、嫌だ。消えないで。

「おっかさん！」

目が覚めた。

一瞬、自分がどこにいるのかわからなくなる。お春は身を起こし、まだどこかぼんやりとした視線を彷徨(さまよ)わせた。そのときになってやっと、自分が畳の上にうつ伏せになって眠っていたこと、身体に夜具が掛けられていたことに気が付いた。夜具は薄手の掻巻(かいまき)でやはり良い香りがした。

あの老女が掛けてくれたのだろうか？

掻巻をそっと胸に引き寄せたとき、襖がカタンと音をたてた。

「入りますよ」

掠れた低い声が襖の向こうから聞こえた。お春は居住まいを正し、息を詰める。

襖が開いた。

「おや、お目覚めでしたか」

背の高い女が入ってくる。お春より頭一つ分は高いだろうか。髷は結っていなかった。背中の後ろで一つに束ねているだけだ。

「よくお休みでしたね」

女が僅かに笑んだ。口元に黒子がある。その黒子が女に仄かな色香を与えていた。切れ長の美しい目をしている。

「あの……夜具を掛けてくださったのは、あの……」

「ええ、あたしですよ。ずい分と疲れてるようだったから、暫く眠ってた方がいいと思いましてね」

「暫く……あたし、暫く眠ってたんですか」

「ほんの四半刻ばかりでしょ」

「四半刻、そんなに」

「眠り過ぎましたか」

「あ、いえ……」

聡介を通じて駒形屋からは、まる二日の暇をもらっている。慌てることはない。

しかし、見知らぬ座敷でことりと眠りに落ち、四半刻も寝入ってしまったことに、驚いてしまう。

確かに疲れていたのだろう。

「あの……」

「なんです」

「おゐんさんでいらっしゃいますか」

女がすっと目を細めた。

三

女の細められた目の中で光が凝縮する。お春は思わず身を引いていた。光に射抜かれるような気がしたのだ。

「ええ」

女がゆっくりとうなずいた。

「ゐんですけれど」

ふっ。

小さな吐息がお春の口から漏れた。それで、自分がひどく気を張り詰めていたと気が付いた。やっと気が付いたのだ。

今日だけではない。駒形屋に奉公にあがってから、いや、父母に死に別れ兄に見捨てられたときから、ずっとずっと気を張り詰めて生きてきた。

ずっと……。

何だか、疲れてしまった。できるならもう一度、眠りたい。とろとろと蕩(とろ)けるように眠れたら、どんなに幸せだろう。

「あたしに何のご用ですか……とお聞きしたいけれど、ここに来られたのなら、用件はただ一つですね」

女の、おゑんの声はさらに低く、さらに掠れてくる。けれど、濁ってはいない。だからなのか、はっきりと耳に届いてくる。

「ええ、そうです。ただ一つです。ここに宿っている子を」

お春は自分の腹に手を置いた。

「堕(お)ろしてもらいたいんです」

産むことが叶(かな)わぬ子なら、葬(ほうむ)るしかない。仕方ないことだ。

故郷の村でもそうだった。貧しい百姓の家では赤子は厄介者(やっかいもの)でしかない。生まれてすぐに間引きされた子も、生まれる前に始末された子も大勢いる。その子らはみな、村はずれの墓地ではなく、山裾(やますそ)の荒れ地に埋(う)められた。山は天に通じている。この世に縁のなかった魂は山の土となり、山そのものとなり、やがて天へと昇る。

村の大人たちはそう言っていた。天に昇った魂は神とも仏ともなって、生まれ育つはずだった村の地を守ってくれるのだとも言っていた。

嘘だ。

嘘に決まっている。

生きることさえ赦されなかった魂が、守り神などになるものか。むしろ、怨みから悪鬼となってたたるのではないか。

幼いお春がそう言い返したとたん、母に頬を打たれた。二度も三度も打たれた。

「何と厭らしい口じゃ。何と捻くれた性根じゃ。大人の言うことを素直に聞けぬ子なら、おまえも山に埋めてしまうぞ」

普段は優しく穏やかな母が怒りに震え、眦を決してこぶしを振り上げる。それこそ、悪鬼の形相だった。

「ごめんなさい。ごめんなさい。おっかさん、ごめんなさい」

泣きながら詫びた。お春を打ちすえながら、母も泣いていた。

母が何度も子を堕ろし、その無理がたたって早くに亡くなったのだと知ったのは、ずっと後になってからだ。母の姉、お春の伯母にあたる女人が教えてくれた。

その伯母は美貌を見初められて大百姓の家に嫁いだが、子を孕むことがなく石女と謗られ追い出され、自ら命を絶った。

女はいつも苦を背負う。

子を孕んでも孕めなくても、産んでも産めなくても背に苦を負うて生きねばならない。

もう、嫌だ。

深い疲労感の中でお春は呟く。

もう女は嫌だ。もしも、この世に生まれ変わりというものがあるのなら、今度こそ男に生まれたい。いや、男にも女にも生まれ変わりたくない。

できるなら、一本の樹になりたい。地に根を張って枝を広げ、小さな実をつける。冬には葉を落とし、春には芽吹く。そんな樹となって、静かに生きていきたい。

おゑんが僅かに身じろぎした。

「お名前は」

「え?」

「あなたのお名前ですよ。名無しが相手じゃ話がしづらいじゃありませんか」

低い掠れ声。でも、心地よい声だ。

お春は閉じかけた目を開け、居住まいを正した。指を前につき、頭を垂れる。

「申し訳ありません。名も告げず、とんだご無礼を致しました。お許しください」

くすっ。

垂れた頭の上に、微かな笑声が降ってくる。

え？　あたし、今、嗤われた？

「ごめんなさいよ。つい、おかしくて」

「おかしい？　何がですか？」

おゑんが膝を崩した。後ろの壁に寄りかかる。それだけで、肩から腰にかけて緩やかな線が現れた。ふっと人を惹きつける色香が漂う。

「いえね、あなたがあまりに謝り上手だから」

「謝り上手？」

「申し訳ありません。ご無礼を致しました。お許しください。ほら、これだけでもう三本になります」

おゑんが指折った手をかかげる。

「そうやって、ずっと謝ってきたんでしょうね。自分が悪くても悪くなくても、他人に頭を下げて謝ってきた。違います？」

お春は息を詰め、目の前の女を見る。

どうだろう？

謝って謝って謝って、あたしはそうして生きてきたのだろうか？

そうやって生きてきたじゃないか。

お春がお春に答える。

あんたはずっと、謝って謝って謝って生きてきたじゃないか。どんなに理不尽な叱られ方をしても、無理を押し付けられても、謝ってきたじゃないか。

申し訳ありません。ご無礼を致しました。お許しください。

「しょうがないんです。あたしみたいな女は謝って、縮こまっていなけりゃ生きていけないんですから」

そう告げた自分の声がひどくしゃがれているようで、お春は喉(のど)を押さえた。まるで、老婆のようだ。慌てて頰に指先を当てる。滑々(すべすべ)とした若い肌が触れた。

「まるで、世捨て人の老人みたいな物言いですねえ」

おゑんが身を起こす。背筋を伸ばす。首が長い。頭をもたげた鶴を連想してしまう。

「それで、お名前は」

「え？　あ……はい」

すみませんと詫(わ)び言葉がまた口をつきそうになった。唾(つば)とともに飲み下す。

「春と申します」

「お春さんですね。では、お春さん。どなたから、あたしのことを聞かれました」

「それは……知り合いから……」

聡介から聞いた。

「お春、子を堕ろすならいい闇医者がいるぞ。何でも女の医者らしい」と。

あれは数日前、お春が納戸で器の片づけをしていたときだった。聡介が音もなく入ってきた。驚いて声を上げそうになったお春を後ろから抱きすくめ、耳元で囁いたのだ。

「闇医者？」

聞き慣れない呼び名だ。

「ああ、その医者にかかれば腹の子をきれいに始末してくれて、しかも、母親の身体にはほとんど障りがないそうだ。おゑんという名だそうだ。闇医者おゑん。まぁ本名じゃないだろうけどね。名前なんざ、どうでもいい。何の拘わりもないこと さ。大切なのは腕だからね。大事なおまえに万が一のことがないように、腕のいい医者にやってもらわないと」

聡介の息が耳朶にかかる。生温かい。少し気持ちが悪かった。身震いする。その震えをどうとったのか、聡介の腕に力が加わった。

「お春、おれが惚れているのは、本当におまえだけなんだよ。本当だからな。おまえにはすまないと思っている。辛い目にあわせて、すまないと……」

　聡介の声が潤んでくる。

「可哀そうにな、お春。けど、おれだって辛いんだ。できるなら、おまえとおまえの子どもとおれと三人で暮らしたいんだよ。けど、仕方ないんだ。駒形屋のためなんだ。わかってくれるだろう、お春」

　実のない言葉の何と空々しいことか。蜉蝣の脱け殻よりもまだ軽い。そよ風にさえふわふわと漂って、彼方に消えていく。

「わかってます」

　お春は指を強く握り込む。

「よく、わかってますよ、若旦那。何度もそう言ってるじゃないですか」

「そうか。やはりおまえは聞き分けの良い女だな。可愛いよ、お春」

　聡介の口吻が明らかに柔らかくなる。安堵したのだ。お春が嫁取りの禍根にならないことを確かめて、胸を撫で下ろしたのだ。

「お春……」

　聡介の唇が首筋を吸う。舌がゆっくりと這う。首から耳朶に、そして耳孔に、ぬめぬめと入ってくる。指が着物を割って、太股をまさぐる。

　女とは不思議なものだ。心がどれほど冷えても身体は火照る。熱を持ち、脈打つ。

「おまえの肌、おまえの匂い……全部、おれのものだからな……」

舌が這う。指がまさぐる。言葉が漂う。

お春は身を捩った。

聡介の手から逃れる。

せめてもの抗いだった。お春のささやかな矜持だった。

あたしは木偶じゃない。心があるんだ。いつでも好きなように抱けるだなんて、見くびらないで欲しい。

「おい、お春」

「どこですか?」

「うん?」

「その闇医者にかかるためには、どこに行けばいいんですか」

「あ、うん、それは……」

聡介は懐から紙包みを取り出した。お春に押し付ける。不意にぞんざいになった口調で、早口にしゃべる。

「金と地図が入っている。かなりの金子だが仕方ない。それがその医者の相場だそうだからな。いや、おれの飲み仲間がやはり女を孕ませたことがあってな。その医者に世話になったそうだ。腕は折り紙付きだとよ。ふふ、そいつの相手の女ってのが他人の女房でな」

聡介が口を閉じる。おそらく一番番頭の正太郎だろう濁声が響いてきたのだ。

「若旦那、若旦那、どこです」

「やれやれ、忙しいことだな。まったく」

ため息を一つ零した後、聡介はもうお春に目をくれようとはしなかった。一瞥もせぬまま、納戸を出て行く。

男の残り香と舞いあがった埃の中に、お春は一人、佇んでいた。

帯の間から聡介に渡された紙包みを取り出す。三両入っていた。

「どうか、お願い致します。この腹の子を産むわけにはいかないんです」

おゑんは包みに指も触れなかった。背筋を伸ばし、真っ直ぐにお春を見ている。

「それは、お春さんが勝手に思い込んでいるだけじゃないのかしらね。いえ、思い込まされているだけかもしれないねえ」

おゑんの呟きに、お春は目を瞠った。

四

「思い込まされている？」

おゑんの一言を反芻（はんすう）する。

思い込まされている？

どういうことだろう？

「お春さん」

おゑんが僅かに屈（かが）み込む。つられてお春も身を乗り出した。

「あなた、自分で考えたんですか」

「は？」

「子どもを宿したとわかったとき、これからどうするか、どうしたらいいか、自分のお頭（つむ）で考えたのかと、お聞きしたんですよ」

答えられない。

お春はおゑんの視線を受け止めたまま、息を詰めていた。苦しくて、その息を吐き出す。

「……考えたって、どうしようもないもの」

吐息の続きのようなか細い声で、答える。

「堕ろすより他に手立てはないでしょう。他にどんな道があると言うんです。あたし、この子を産んじゃいけないんです。この子は生まれてきちゃあいけないんです。百日、千日考えたって、同じです。どうしようもないじゃありませんか」

そうだ。あたしには、選ぶ道など端からなかった。

「どうしようもない、ねえ」

おゑんが微かに笑む。

「使い勝手のいい言葉ですよね。そう言ってしまえば、あれこれ考えずに済む」

「それは……」

からかわれているのだろうか。

お春は身を起こし、膝に手を置いた。

この人は、あたしをからかい、なぶっているのだろうか。

おゑんを見据える。

眼差しには僅かの嘲弄も侮蔑も含まれていない。憐憫も労りもなかった。強い光だけがあった。その光のせいでおゑんの双眸は、薄い闇の中にくっきりと浮かび上がっている。こんな眼をした者に、初めて出逢った気がした。

「お春さん、耳を澄ませてごらんなさい」

「耳を……」

「ええ、聞こえませんか」

お春はおゑんから視線を外し、耳に手を当てた。

聞こえる？　何が？

何も聞こえない……いや、聞こえる。

微かに、微かに。

人の呻きだ。

廊下で耳にした微かな呻き声だ。あのときは空耳かとも思ったが、今は、確かに届いてくる。幻ではない。現の声だ。

誰かがこの家のどこかで、低く呻いている。

地の底から湧いてくるような呻きに肌が粟立つ。お春は身震いし、思わず辺りを見回していた。

「怖かありませんよ。鬼でも蛇でもない。人の声なんだから」

「誰が……どなたが呻いているんですか」

「女ですよ。あなたと同じ、身籠った子を堕ろしに来た女です。半刻ほど前に施術が終わったところです」

お春は唾を飲み下そうとした。けれど、口の中は渇き切って、舌が動く度に痛むほどだ。

女が呻いている。

「子は腹の中にいる。その子を始末するということは身体の内にあるものを掻き出すってことなんですよ。子を産むのと同じくらい、命懸けになる。いえ、月満ちて生まれてきた赤子なら、天が助力してくれる。母親も子も無事でつつがなくいられる割は高いんです。ところが、子を堕ろすとなると無理やりのこと、天の理を外れることになる。どうしても剣呑な見込みが大きくはなりますよ。命を懸けるはめになる。死なないまでも……施術が上手くいったとしても、苦しみます」

竹を揺する風音がする。その音に紛れ、呻きはどこかに消えていった。いや、消えてはいない。お春の耳に捉えられなくなっただけだ。女はまだ呻いている。

「死んだ方がましかもしれないと思うほど、苦しまなければならなくなる。身体だけじゃない。ここだって」

おゑんの長い指が自分の胸を押さえた。

「胸の内だって苦しい。身体は癒えても、心の傷が癒えなくて生涯苦しみ続ける者だっているんだ。そしてね、お春さん、言わずもがなですが、苦しむのは女だけ。女の腹から子を掻き出しても男には何の痛みもないんですから」

聡介の顔が浮かぶ。

いまごろ、何をしているだろう。

商(あきな)いに精を出しているのか、許婚(いいなずけ)の娘と婚礼の話でもしているのか。お春の知らない女と睦みあっているのか。

どちらにしても、お春のことなど念頭にはあるまい。聡介にとってお春は、都合のいい女、自分の好き勝手に抱くことも忘れ去ることもできる女に過ぎないのだ。女郎を買うより余程安上がりだと考えているのかもしれない。お春の苦しみ、お春の哀しみ、お春の憤り、お春の諦(あきら)め……何一つ、心を馳(は)せようとはしないだろう。

また、呻き声が聞こえた。今度はすぐに途切れ、静寂(しじま)が広がる。

「考えなさいな」

おゑんが言う。静寂が僅かに揺れた。

「お腹、まったく目立たないじゃないですか。月のものは、乱れなくある方ですか」

「はい」

「いつ頃？」

「だいたい月半ばです。でも、もう一月(ひとつき)以上、遅れています」

「月半ばね。うん、まだ、考える余裕はある。十分にありますよ。考えて、考えて、それでもどうしようもないと思ったのなら、もう一度お出(い)でなさいな。覚悟を決めて、ね」

考えて考えて考えて、どうにかなるだろうか。お春は俯き、指先を見詰めた。水仕事で指先は荒れ、爪は割れている。

みっともない手だ。

働きに働き続けた指だ。

聡介の許に嫁いでくる娘は、美しい白い指をしているにちがいない。皹とも皸とも無縁の手をしているのだ。その指を聡介は褒めそやし、閨の中で口に含んだりするのかもしれない。

「よろしければ経緯を、聞かせてもらいましょうか」

おゑんの目がお春の手に注がれる。

「経緯、ですか」

「ええ」

「話さないと治療をしていただけないんでしょうか」

「いいえ。お春さんが嫌なら無理に聞いたりはしませんよ。無理強いは嫌いなんです。無理やり聞き出したって、本当のことなんてわかりゃしませんからね。ただ……気持ちが悪いんですよ。気分が落ち着かないって言った方がいいかもしれないけど」

おゑんがすっと手櫛（てぐし）で髪を梳（す）いた。それだけのことなのに黒髪に光が走る。艶（つや）があるのだ。見惚（みほ）れてしまうほどの艶だった。

特別な油でも使っているんだろうか。

ほんの束の間、そんなことを思った。

「あたしの所に来る女（ひと）は、みんな何かを背負っています。すんなりと産めない子を身籠ってある者は途方にくれ、ある者は嘆き、ある者は怯（おび）えながら来るんですよ。どの女も不幸せだけれど、同じ不幸せじゃない。それぞれがそれぞれの不幸せに塗（まみ）れてるんです。その女がどんな不幸せに塗れているか……あたしは、それを知りたいんですよ。知れば……」

おゑんが口ごもる。黒眸（くろめ）が横に動き、眼差しが揺蕩（たゆた）う。

「闇に葬られた子のことを覚えておいてやれるでしょう。女の無念や浅はかさや狡（ずる）さ、苦しみや悲しみを胸に留（と）めておけるでしょう」

お春は顔を上げた。

「それじゃあ、おゑんさんはあたしのことを覚えていてくれるんですか」

「ええ。忘れないと思いますよ。男にとって女の股（また）は同じかもしれないけれど、あたしにとっては一人一人、まるで違うんです。お春さん、女の股の間はね、女の心と結びついているんですよ。子を産むにしても闇に流すにしても、女はそこから血を流さなきゃならない。あたしはその血を忘れないんですよ」

お春は固く指を握り込んだ。

子を堕ろすのは命懸けだ。腹の子を殺した償いのように、女は命を危うくする。もし、あたしがここで死んでも気に留める者などいない。

「お春？　あぁ、そういう娘がいたね。可哀そうに死んじまったよ」

それで終わりだろう。半年経ち、一年経ち、二年経ち、あたしのことなど誰もが忘れてしまうだろう。でも、でも……この人は、おゑんさんはあたしを一生、覚えておいてくれるのだろうか。命日に花を手向けたりしてくれるのだろうか。

「おゑんさん、あたしは」

口が動いた。舌が動いた。唾が湧いてきた。

お春はしゃべった。

ぼそりぼそりとつっかえながら話し続けた。

わかり易く纏めて話すことなどできない。生い立ちから始まり、母のこと、駒形屋に奉公にあがり、聡介と理無い仲になったこと、聡介に大店から嫁が来ること、おゑんの許に行くよう命じたのは聡介自身であること……全て話した。たどたどしくはあるけれど嘘は一つもなかった。

おゑんは一度も口を挟まなかった。相槌を打つことさえしなかった。身じろぎもしなかった。置物のように静かに座り、お春の話を聞いていた。

　しゃべりたかったのだ。

こんな風に、聞いてもらいたかったのだ。

話し終えて気が付いた。

誰かにあたしのことを知って欲しかった。

　しゃべり続ける。

「あたし独りぼっちだから、あたしが死んでも気にかけてくれる人なんかいないから……しかたないって、そう生まれ付いたんだからしかたないって思ってきました。でも、ほんとは淋しかったんですね。淋しくてたまらなかった。若旦那に抱かれているときだけ、もしかしたらあたしは独りじゃないのかもって思えたんです。それが嘘っぱちだってわかっていたくせに、わからない振りをして……わからない振りをして……」

　こぶしをさらに強く握る。爪の先が手のひらに食い込んできた。

「独りじゃないでしょう」

　おゑんが顎（あご）を上げる。

「お春さんのお腹には赤子が宿っています。その子が生まれれば、お春さんは血の繋（つな）がった娘か息子を持つことになる。独りじゃなくなりますよ」

息を飲む。

娘か息子を持つ。あたしが母親になる。

「身籠るとはそういうことですよ。男の側からばかり世の中を見ているとね、男に都合の悪い子は葬らなきゃならなくなる。でも、女の側に立つと、自分に繋がる命を生み育てる折を得たってことになりますからね」

おゐんが立ち上がる。音もなく歩き、簞笥(たんす)の引き出しを開ける。

「お春さん、これを」

和綴(わと)じの帖(じょう)がお春の前に置かれた。

五

表には何も書かれていない帖を手にとっていいものかどうか、お春は迷う。そういうときの癖(くせ)で、指を固く握り込んでしまう。

昔からそうだった。

手のひらに三日月に似た爪跡が残るほど強く、握り込んでしまう。

「どうぞ」

と、おゐんが帖をお春の膝先まで押しだした。揃えられた指がきれいだ。長くてすらりと伸びている。お春のように荒れても節（ふし）くれだってもいない。かといって、働くことを一寸（ちょっと）も知らない指ともまた違う。

髪といい指の動きといい、どうしてあたしはこの人に、こんなにも心惹かれるのだろう。

「ご覧になってくださいな」

「え？」

「帖。どうぞ、ご覧になってください」

「よろしいのですか」

「ええ、構いません」

おゑんが行灯に手を伸ばした。灯心（とうしん）を切る音がして、座敷が明るくなる。墨の文字が十分に読み取れる明るさだ。字はそこそこ読める。近くの寺の住職に習った。当時でさえ金堂の屋根は傾きあちこち雨もりするような貧乏寺だったから、今はもう廃寺となり崩れ落ちているかもしれない。

帖をそっと開いてみる。

赤子　男児　七百六十匁（もんめ）　壱尺五寸

　色黒　壮健

赤子　男児　八百七十匁　壱尺七寸
　　壮健
赤子　女児　六百六十匁　壱尺三寸
　色白　臀部（でんぶ）に蝶（ちょう）に似た痣（あざ）
赤子　女児　六百八十匁　壱尺五寸
　色白　名　おす江

同じような書き込みが、ずっと続いている。

「これは……」

帖から顔を上げる。おゑんと目が合った。黒眸（くろめ）の中で行灯の光が揺れ、瞬（また）いていた。

「みんな、ここで生まれた赤ん坊ですよ」

「ここで」

もう一度、帖に目を落とす。

赤子　男児　六百六十匁　壱尺二寸
　色白　月足らず　病無し

赤子　女児　六百七十匁　壱尺四寸
　　やや浅黒　壮健
　　食指爪中に双子黒子、背面に小痣あり

「生まれたって……」

　ここは闇医者の家ではなかったのか。産んではいけない子、生まれてきてはいけない子を闇に葬ってしまう、そういう場所ではなかったのか。

だから、あたしはここに来た。それなのに、生まれた子だって？

どういう意味なのか、お春には見当がつかなかった。ただ、帖から目が離せない。整った女文字で記された赤子たち。重さと身の丈と簡単な特徴だけの赤子たち。でも、この子たちは生まれてきたのだ。生まれてきて、確かに生きているのだ。誰にも知られず闇に葬られたのではなく、昼間の光の下で泣いたり笑ったり、立ったり歩いたりしているのだ。

　指の先が震える。

　帖が震える。

「もう一冊、あります」

いつの間にか、おゑんの手に同じような帖が握られていた。

「こちらはちょっとお見せするわけにはいきません。里親の名前が連ねてありますので」

「里親？」

「ええ、赤ん坊を欲しがっているご夫婦の名と所書きですよ」

「赤ん坊を欲しがっている？」

おゑんの言葉の一部をただ繰り返すだけの自分を間抜けにも馬鹿にも感じてしまうけれど、お春にはそれしかできなかった。

動悸がする。

頭の中が白くぼやける。

ここは謎だらけだ。あたしのお頭じゃ何一つ、解せない。

解せないことは不安だ。目隠しして見知らぬ道を引き摺られて行くように、不安で危うい。駒形屋に奉公が決まったときもそうだった。兄が勝手に決めて来た奉公先、そこで何が待っているのか、自分の将来がどうなるのか、十五だったお春には皆目、見当がつかなかった。不安で、怖くて、胸が潰れそうだった。手付の金は全て兄が自分の物にした。一両二分というその金欲しさに、兄は妹を売ったのだ。

そういう諸々をお春が知ったのは、奉公にあがって一年も経ったころだった。

解せないことは怖い。

知らないことは恐ろしい。

けれど今、お春は少しも怖さを感じない。動悸も白くかすむ頭も不快ではなかった。むしろ、心地よく心が弾む。とすれば、これは動悸ではなく胸の高鳴りかもしれない。

どっく、どっく。

どっく、どっく。

おゑんさん。この謎めいた人は、次に何を伝えてくれるのかしら。

「赤子が欲しいというのは、我が子として育てたいと、そういう意味ですよ」

おゑんは手を伸ばし、お春の膝から帖を取り上げた。二冊の帖をぴたりと重ねて、自分の脇に置く。

「赤子を産んでも育てられない女がいる。赤子を育てたいと望んでいる夫婦がいる。この人たちが出会いさえすれば、みすみす、子を流すことはないでしょう」

「生まれてきた子を我が子として引き取ろうという人たちがいるって、他人の子を育てようっていうご夫婦がいるって……そういうことですか」

「ええ、そういうことです。けど、それだけじゃなくて……」

おゑんの美しい指が、帖の表をそっと撫でる。

「ねえ、お春さん。女は強いものですよ。一度、子どもを抱えて生きようって腹を決めたら、地べたを這いずっても生きていける。そういうものです」

　お春は目を見開いたまま、おゑんの脇の帖を見やる。

「生まれてくるために、子どもは女の腹に宿るんですよ。流すのは最後の手立て。その手立てを選ぶ前に、やれることがあるのかないのか、考えてみませんか」

「おゑんさん……」

「お春さんのように、はなから産むことはできない、流さねばならないんだって思い込んじまったら、道は閉ざされちまいますよ」

　灯が揺れる。

　おゑんの黒眸（くろめ）が揺れる。

「お春さん、女の前にはね、存外多くの道が延びているもんなんですよ。それに気が付かないまま閉ざしてしまうの、ちっと惜しくはないですかねえ」

　女の前には、存外多くの道が延びている。

　そんな風に考えたことは、一度もなかった。自分の前にはいつだって、細い岨道（そばみち）がただ一本、くねくねと曲がっているだけだと思っていた。

　女の前には、存外多くの道が延びている。

　ほんとだろうか、ほんとだろうか。信じてもいいだろうか。

「あっ」

お春は小さく叫び、腹を押さえた。

動いた。今、この中で微かに動いた。まだ、僅かも膨らんでいない腹だ。赤子が動くわけがない。理屈はそうだ。でも、確かに感じた。確かに動いた。確かに生きている。

目の縁が熱くなる。

「おゑんさん」

「はい」

「あたしも産めますか。あたし、この子を産んでもいいんですか」

おゑんがかぶりを振る。

「あたしじゃない。お春さん、あなたが決めることでしょう」

声が張り詰め、冷ややかな響きを含む。

「あたしは、こういう生業をしている。闇に流せというのなら流しても差し上げる。産んで生かしたいと望むなら、望むように尽力もする。あたしがやることはそれだけですよ。あたしには決めることはできない。こうしろと命じることもできない。決めるのは、お春さんなんです」

お春は身体を起こし、もう一度、腹を押さえた。もう何も伝わらない。お春の腹は凪いで、とても静かだった。

産みたい。

想いが迫り上がってくる。それがあまりに激しく唐突だったものだから、お春は思わず呻いてしまった。小さな、息が漏れる音よりずっと小さな呻きだった。

産みたい。育てたい。母になりたい。この子を殺したくない。

あぁそうだ。あたしは、この子を殺したくないんだ。殺したくなかったんだ。せっかく、あたしの内に宿ってくれた命をむざむざ殺したりしたくなかったんだ。

「……産みます」

そう口にしたとたん、涙があふれた。驚くほど熱い。熱湯のような涙が頰の上を滑り、顎を伝い、滴り落ちて行く。

「おゑんさん、あたし、この子を産みます」

「楽じゃないですよ」

おゑんが居住まいを正し、お春に向かい合う。

「赤子を闇に流すのは女にとっては地獄。けれど、お春さんのような立場で子を産もうとするのも、決して楽なことではない」

「わかっています」

「覚悟はできていると？」

覚悟、あたしに覚悟なんてあるだろうか。今まで男の意のままに流されてきたあたしに、男に逆らう覚悟があるだろうか。

「はい」

顔を上げ、お春は答えた。

「この子を産みます。産みたいのです」

おゑんがうなずいた。ゆっくりと深く。

「お手伝いいたしましょう」

その一言がお春の耳に届き、身体に静かに染みてくる。

あぁ、あたしは独りではないのだ。手を差し伸べ、背中を支えてくれる人がいるのだ。

「月に一度、ここにいらっしゃい。赤子の様子を診て差し上げます。もう少し経って、お腹が目立ち始めたら、揃えなければならないものをお教えしますよ」

「揃えるものって、襁褓とか産着とかですか」

「ええ。お腹に巻く晒しも必要です」

「あの……奉公先で子は産めません。あたし、ここに来てもいいんでしょうか」

「もちろんですよ。お春さんが床離れして、元通り働けるようになるまでお世話はします。新しい奉公先も探しましょう。ですから、何の憂いもなく、子をお産みなさいな」

夢のようだった。

「ただ、これは頂いておきますよ」

おゑんが紙包みを摘(つま)み上げた。聡介から渡された三両だ。子を堕ろせと渡された金だ。

「これで全ての掛かりが賄(まかな)える。賄って、お釣りが出ますよ」

おゑんが艶然(えんぜん)と微笑んだ。

六

腰高障子の戸を開け、お春が外へ出て行く。振り向き、土間に立つおゑんに頭を下げる。額が地につきそうなほど、深い低頭だった。

軒下灯籠(どうろう)の明かりが、丸く小さな顔を照らし出す。飛び抜けて美しいわけではないが、愛嬌(あいきょう)のある優しい顔立ちだ。

嘘のつけない、他人を欺(あざむ)けない、つまりとても不器用な生き方をしてしまう女の顔だ。

おゑんは、束の間、胸を塞(ふさ)がれるような思いに囚(とら)われた。こんな顔の女を幾人も知っている。目鼻立ちも顔形もまるで異なるのに、どこか似通っている。

嘘のつけない、他人を欺けない、自分をごまかせない、不器用な不器用な女たち。真摯に生きれば生きるほど、泥濘にはまり込んでしまう女たち……。

胸を塞いだ想いをおゑんは、束の間で振り捨てた。

想いに囚われていてはいけない。それは、縛めとなり、枷となり、想い続ける者を束縛してしまう。がんじがらめにして、身動きできなくさせるのだ。

骨身に染みて、わかっている。

「おかげさまで、何だかこのあたりが」

お春が胸に手をやる。

「とても軽くなった心持ちがします。何とお礼申し上げてよいのやら」

その言葉通り、お春の顔色は来たときよりもよほど晴々と明るいものになっている。軒下灯籠の明かりは、人の面をどうしても淋しく暗く照らしてしまうものなのに。

「お春さん」

おゑんは敷居を越えて、お春の前に立った。小柄なお春を見下ろす。

「これからですよ。さっきも申し上げたように、決して楽な道じゃありません。そのところをどうか、忘れないように」

「ええ、わかっています」

お春は顔を上げ、おゑんに真っ直ぐな眼差しを向けた。

「苦労する覚悟はできています。いえ……覚悟することができました。あたし、それが嬉しいんです。おゑんさん、あたし、今まで自分の道を自分で決めたことなどなかったんです。ええ、一度もなかった」

お春の鬢の毛を風がなぶる。竹の香りを含んだ風だった。この家には、一年中、季節にも時刻にも拘わりなく、竹の香りの風が吹く。ときには濃く、ときには淡く、竹の香を運んでくる。

「でも、今度は違います。あたし、この子と一緒に生きていく覚悟ができました。おゑんさんのおかげです」

お春の手が帯をそっと撫でる。

いいえと、おゑんはかぶりを振った。

「誰のおかげでもありません。お春さんの覚悟はお春さんのもの。お春さんだけが決められることでしょう」

「あたしだけが……」

「ええ。お春さんだけ」

お春が微笑んだ。こちらまで釣り込まれ、微笑みそうになる。

いい笑顔だ。

「お気をつけて、お帰りなさいませや」

おゑんの後ろから、白髪の老女がひょいと覗いた。

ほんとうにひょいという感じで、驚いたのだろうお春が、目を見開き丸く口を開けた。

おゑんは僅かに身体をずらし、老婆にうなずいてみせた。老婆は笑いを浮かべ、うなずき返すような仕草で頭を下げる。

「驚かせてしまいましたか。悪うございましたの。わたしは、末音と申します。すえと呼んでくだされば、よろしゅうございますよ」

「おすえさん、ですか」

「はい。そうでございます。おゑんさまのお手伝いをしております。また、どうぞ、おいでください。お待ちしております」

「はい」

お春はもう一度、深く辞儀をするとおゑんたちに背を向けた。

「上手くいくとよろしゅうございますけどね」

末音がふっと短く息を吐く。

「上手くいく、ねえ」

おゑんも静かに息を吐き出した。

「末音」

「はい」

「お春さんみたいな女が上手くいくとは、どういうことなんだろうね」

「はい……」

「無事に赤子を産むこと、ちゃんと育てられること、それが上手くいくってことなのかね」

「まずは、そうでございましょう」

末音が目を細める。皺の中に黒い眸（ひとみ）が埋もれてしまう。

「まずは？」

「はい。女は男のように遠い先など見は致しませんで。見るのは、自分の足元。自分の一歩、一歩だけでございますからの」

「なるほどね。まずはその一歩を踏み出すのが、上手くいくってことなんだね」

「わたしめは、そう思いますがの。どうでございましょう。ただ、お春さんはほんに良い人でございますから、最初の一歩も次の一歩も、上手くいって欲しいですの」

末音はそう言うと、家の中に入っていった。おゑんは一人、風の中に佇む。

女は男のように、遠い先など見はしない。高い山の頂を仰ぎ、いつかあそこに辿（たど）

り着きたいと、望んだりはしないのだ。

野望とも野心とも望蜀とも無縁なのだ。

女ならば道を見る。

足元に延びた道を見て、一足一足、進んでいく。

お春はその一歩を、その一足を踏み出した。

上手くいくように。

おゑんは風になぶられながら、お春が遠ざかっていった小道を見詰めていた。

目を覚ます。

物音が聞こえた。

おゑんは夜具から起き上がり、耳を澄ます。

竹の音が聞こえた。

竹が風に鳴る。ざわざわと鳴る。

半ば眠りの中にいると、潮騒と聞き間違えてしまう音だ。

今、おゑんははっきりと覚醒していた。風音は風音として耳に届いてくる。

気のせい？

耳に届いてくるものは風音しかない。時折、梟の啼き声が微かに響いてくる他は、闇と静寂（しじま）だけの夜だ。いや、もう一つ。

濃厚な花の匂いが漂っている。

春が長（た）けた匂いだ。

甘く濃いその匂いのせいで、闇までがねっとりと纏わりついてくるようだ。

春闇とはこんなにも粘（ねば）りつくものだったろうか。

春から夏へと季節の移ろう時季だった。

ことっ。

微かな物音がした。さらに微かな呻きを聞いた。確かに聞こえた。

ことっ、ことっ。

お願い……助けて……。

廊下で足音がする。

末音が手燭（てしょく）をかかげ、玄関口へと走ったのだ。寝巻の上に羽織をひっかけると、おゑんも廊下へと飛び出した。

「まぁ、まぁ、まぁ。おゑんさま、たいへんです」

末音が珍しく、声を上ずらせている。

「どうしたの」

素足のまま土間に降り、おゑんは目を剝（む）いた。一瞬、息が詰まり、心の臓がどくりと一つ、鼓動を打った。

「お春さん」

お春が倒れていた。身体をくの字に曲げ、低く呻いている。

「お春さん、しっかりして」

背中に腕を回し、抱き起こす。

「お春さん？　お春さんなんですか？」

末音が手燭をかかげたまま、呟いた。信じられないという響きがあった。

お春は、手燭の淡い明かりではすぐにそれとわからぬほど、面（おも）やつれしていたのだ。頬がこけ、目の下に塗ったような黒い隈（くま）ができている。唇は白く乾き、髪からは艶が失せていた。

お春が初めておゐんの家を訪れてから、まだ一月にもならない。末音でなくとも、信じられないほどの変わりようだった。

「末音、水を」

「はい」

手燭を置いて、末音が台所へと走る。

「お春さん、お春さん、しっかりしなさい。しっかりして。目を開けなさい。あたしがわかりますか」

呼び掛ける。ともかく、呼び掛ける。気を失い、朦朧としている相手にはまず呼び掛けるのだ。強く、強く、幾度も繰り返して呼び続ける。こちらに引っ張る。遠のいていく意識を引き戻す。

「お春さん、お春さん。目を開けて」

お春の瞼がひくりと動いた。ゆっくりと持ち上がる。

「……おゐんさん……」

「気が付いたね。そのまま、しっかり気を保ってくださいよ」

「あたし……おゐんさんのところに……辿り着けて……」

「ええ。辿り着きましたとも。もう、だいじょうぶ。何も心配いりません。だいじょうぶですよ、お春さん」

「……よかった」

お春がふうっと音を立てて息を吐いた。

「おゐんさん……赤ん坊を……あたしの赤ん坊を助けて……」

お春の指がおゐんの腕を摑んだ。白い袖にべとりと血がつく。お春の指は血に塗れていたのだ。

「……赤ん坊を助けて……」

「だいじょうぶ、赤ん坊も助かる。あたしに、任せて。だいじょうぶだからね」

だいじょうぶ、だいじょうぶと繰り返す。

そうでないことは、瞭然だった。

土間は血の臭いで満ちていた。

お春の裾が血でぐっしょりと濡れている。生臭い血と肉の臭気が闇に融け、闇に沈む。

これは、もう、だめだ。

おゑんは悟った。

もう、手遅れだ、と。

お春の子は流れた。この世に生まれてくることができなかった。

お春が呻く。絶え絶えの息が漏れる。

「お春さん、しっかりして。今、手当てをしますからね。もうちょっとの辛抱ですよ。お春さん、お春さん、あたしの声が聞こえますね。お春さん」

「……どうして」

お春が呟いた。掠れた弱々しい声だった。

「どうして、こんなことを……若旦那、あたし……産みたかっただけなのに……赤ん坊を産みたかっただけ……若旦那に何の迷惑もかけないって言ったのに……」

「お春さん」

お春の指が腕に食い込む。

「ちくしょう。ちくしょう。ちく……」

声はそこで途切れた。

七

風が冷たい。

首筋を撫でられると、思わず身を縮めそうになる。間もなく夏になろうかという

この時季に、これほど冷たい風が吹くとは。

「暑いな」

背後で声がした。

「まったくだ。今からこれじゃ、先が思いやられるな」

「いっそ、大川の水にでも飛び込んじまうか。さっぱりするぜ」

「馬鹿野郎。さっぱりする前に溺(おぼ)れて、あの世行きじゃねえか」

「そりゃあいい。嬶(かか)のやつが大喜びするぜ。亭主がいなくなって、それこそ、さっぱりしたってな」

「ちげえねえ。おい、お互いに笑えねえ冗談じゃねえのか」

「はは、ほんとによ。で、どうだ、兄ぃ。暑気払いに一杯、ひっかけるってのは」

「そりゃあいいな。ちょいと、やってくか。嬶の目ん玉がまた吊り上がるかもしれねえけどよ」

歩を緩めた聡介の傍らを職人らしい二人の男が通り過ぎて行く。

一日の仕事を終えた満足感と微かな疲労が、面に表れていた。とりとめのない会話を交わしながら、遠ざかって行く。その額に汗が滲んでいた。

暑い？

聡介は丸めていた背筋を伸ばし、辺りを見回す。

「ひやし～あめぇ～、ひやしあめ～。暑気除けにひやし～あめぇ～、ひやしあめ～」

冷やし飴売りが朗々と美声を響かせている。籠を背負った老婆が汗を拭き拭き、歩いている。遊び人らしい風体の男が扇子で胸元を煽いでいる。

冷たい風に身を竦めている者など、どこにもいない。

そんな……。

聡介は首に手をやった。

さっきここを撫でた風は幻だったのか？　いや、そんなこと、あるもんか。身体の芯まで染みてくるような、冷たさだった。

ぞくり。

背筋に悪寒が走る。

悪い風邪でも引き込んだかな。

単の襟を合わせる。

好事魔多しと言う。こんなときだからこそ、厄介な病を背負い込まないとも限らない。用心しないと。

この夏が過ぎ、秋風が立ち始めるころ、松江屋の娘、おことと祝言をあげる。その段取りは着々と進んでいた。

松江屋は名の通った大店、おことは松江屋の末娘だ。華やかな顔立ちの佳人である。松江屋と姻戚関係を結べれば、駒形屋は願ってもない後ろ盾を得ることになるのだ。

父の二代目駒形屋聡兵衛も母のお吉も、縁談がまとまったとき、文字通り小躍りした。普段、お世辞にも仲が良いとは言えない夫婦が手を取り合い、笑い合い、露骨なほどの喜びを示したのだ。

「聡介、大運だ、大運が向いてきたぞ」

「ほんとだよ。よかったねえ。こんな果報は寝て待ってたって、手に入りゃしないよ。おまえは、よくよく良い星の下に生まれついたんだ。めでたいことだよ」

聡兵衛もお吉もはしゃぎ、興奮して、よくしゃべり、よく笑い、自分たちの幸運を誇らしげに吹聴して回った。そのせいなのか、町内を歩けば、

「若旦那、けっこうなご縁を結ばれたそうで、おめでとうございます」

と、顔見知りから挨拶され、馴染みの店に行けば懇ろに付き合っていた酌取り女から、

「たいそうな奥方さまをもらうんですってねえ。駒形屋の若旦那は、他の女になんて洟も引っ掛けなくなるってもっぱらのうわさですよ」

と、皮肉を言われてしまう。

その度に、聡介はにこやかに頭を下げたり、女を宥めたり、わざとらしく顔を歪めたり、忙しく対応しなければならなかった。

このところ何となく疲れて、気怠い。ともすれば気分が重く沈んでいく。

聡介は不安だった。

おことという娘とは一度、顔を合わせた。両親ともども松江屋に呼ばれ、食事をしたのだ。確かに評判どおりの美しさではあった。しかし、一度も笑わなかったのだ。ろくに口を利かぬまま母親の横にぺたりと座り込んで、酒を注ぐことも、料理を勧めることも一切しなかった。聡介に話しかける素振りさえ見せなかった。

控え目だとか慎ましいとかではない。端から駒形屋の親子を見下している。話を

する気など毛頭ない。それがありありと伝わってきて、聡介は不快だった。不快を覚えると同時に、飲み仲間の一人が囁いた言葉が脳裡に浮かび、ちかちかと瞬いた。

「聡介、松江屋のおことは相当な遊び女だぞ。役者にのぼせて、駆け落ち紛いのことを何度も繰り返したらしい。業を煮やした親が無理やり嫁入りさせようとしたに違いないんだ。おまえ、祝言をあげるなら、よほどの覚悟がいるぜ」

聞かされたときは、こいつ、おれをやっかんでやがると冷笑したが、あれは嫉妬ではなく本気の忠告であったのかもしれない。

おことは、権高でふしだらな娘なのかもしれない。そんな女を妻にしていいのか。聡介は考え込む。いくら考えても、今さら、水に流せる話ではなかった。

だからこそ、父母の浮かれ具合が恥ずかしくもあるし、いまいましいとも感じる。「いいかげんにしろ」と大声で叱責してやりたい気にさえなる。いや、今日は本当に声を荒らげてしまった。お吉が婚礼の日に身につける着物について、あれこれしゃべりかけてくるのが癇に障ったのだ。

「着る物なんて、どうだっていいだろう。おっかさんが花嫁になるわけじゃなし」

喜色を満面に浮かべていたお吉が、わざとらしく眉を顰める。

「まぁこの子ときたら、何て言い草だろうね。世間には釣り合いってものがあるだろう。こっちは嫁をもらう側なんだ、松江屋さんに嗤われないだけの拵えはしなくちゃね」

「うちと松江屋のどこが釣り合うって言うんだ。牡丹と蓬ほども差があるじゃないか。無理して背伸びしたって、無駄ってもんさ」

お吉の眉間の皺がますます深くなる。

「聡介、おまえ、何をそんなに苛立ってるんだい。こんな、めでたい話が進んでいるときに、少しおかしいよ」

お吉は口を閉じ、窺うように息子の顔を覗き込んだ。

「おまえ、もしかしたら……」

「なんだよ」

「お春のことにこだわってるんじゃないだろうね」

母の口からお春の名を聞くとは思ってもいなかった。不意を突かれ、聡介はよろめきそうになる。ほんの一瞬だが、目眩がした。

足を踏ん張り、辛うじて身体を支える。

「おれが何で、お春にこだわらなきゃいけないんだ」

母を睨みつける。その視線を受け止め、お吉は軽く鼻を鳴らした。

「おまえ、あたしが何にも知らないとでも思っていたのかい。ふふん、ちゃんと知ってましたよ。おまえとお春が離れや納戸で、何をやってたか、ね。そうさ、あたしは何もかも知ってたんだよ」

何もかも知ってる？

じゃあ、おれがお春にやったことも知っているのか。あれを知っているのか。

身体が震える。

汗が滲み、頬を伝う。

息子の異様な様子に気が付き、お吉は慌てて手を振った。

「いいんだよ。あたしはね、今さらおまえを責めようなんて思っちゃいないんだから。店の女中にちょっかいを出すなんて、褒められたことじゃないけど、咎められるほどのものでもないんだからさ。そうそう、よくある話だよ。どこの店にだって一つや二つは、転がってる話なんだよ。おまえのおとっつぁんだって、ちょいちょい若い女中をつまみ食いしてたもんさ。聡介、あたしはね、責めてるんじゃない。むしろ、感心してんのさ。よく、お春ときれいに手を切ったなって。ほんとのこと言うと、あたしなりに気を揉んでたんだよ。おまえがお春と遊ぶのはいいけれど、それが、おことさんとの縁談に障るようだったら、どうしようってね。ほんとに、案じてたんだよ。だけど、おまえはずい分と上手くやったじゃないか」

「上手く……」

今度は聡介が眉を顰めていた。

上手くとはどういう意味だ？

「だってそうだろう。お春は駒形屋を出て行ったじゃないか。行き先も告げずに、さっさといなくなっちまった。あれは、おまえがお春に言い含めて暇を取らせたんだろう。いくら金子を渡したか知らないけど、後腐れないようにけりをつけた。うん、上手くやったよ。おことさんが嫁いでくる前に何もかもきれいに片付いて、あたしは、ほっとしてるんだ」

お吉は胸を押さえ、僅かに笑んだ。

「だからね、聡介。これからも上手くおやり。お春になんかいつまでもこだわってちゃ、いけないよ。いいね。おまえは駒形屋の三代目となる男なんだ」

お吉の目が光を帯び、ぎらつく。曇った玻璃のようだ。その指は、聡介の腕をしっかり摑んでいた。聡介が低く唸ったほど、強い力だった。

「この店を守り、大きくしていかなきゃあならない男なんだ。そのためには、松江屋さんの力が要る。わかってるね、万が一にもお春のことをおことさんに知られるんじゃないよ。それだけは心して……聡介、聡介、どこに行くんだい」

母の指を振り払い、駆け出す。駒形屋を飛び出し、走り続ける。途中で何人かとぶつかり罵倒されたり、舌打ちされたりした。

気が付くと、大川沿いをふらふらと歩いていた。どこかで酒を飲んだらしく、喉が焼けるように渇いていた。

寒い。

ぞくりぞくりと寒気がする。

あたしは何もかも知ってたんだよ、か。へっ、笑わせるぜ。何にも知っちゃあいねえくせに。お春の腹におれの子がいたことも、おれがお春にしたことも、何一つ、知らないくせに……。

聡介は目の前にそっと両手を広げて見た。そこは血で汚れている。お春の血がべとりと張り付いている。そんな風に思えた。

そんなわけがない。井戸端で皮が剝けるほど洗ったのだ。臭いが気になって、香油をすり込んだ。

汚れているわけがない。気のせいだ。

「若旦那……」

聡介を見上げたお春の目を思い出す。怨みではなく哀しみに満ちていた。そういう眼つきしかできない女だったのだ。

風が吹く。寒い、寒い。

「若旦那」

背後から呼ばれ、聡介は小さく悲鳴を上げた。

八

背中が凍りつく。

首の後ろが強張って、鈍く痛んだ。その首を無理やり捻り、振り返る。

お春が立っていた。

蠟燭問屋の軒下に佇んでいる。頭上では、蠟燭の形の看板が風に揺れて、微かな軋みの音をたてていた。

「お春……」

聡介は呻いた。

「お春、おまえ……」

「駒形屋の若旦那、聡介さんでござんすね」

低く掠れているのに、どこか甘やかさの匂う声が聡介の名を呼ぶ。声の主が軒の陰から通りに歩み出てくる。光が、淡々と儚い夕暮れの光が、主を照らし出した。

お春ではない。

お春よりずっと背が高い。見知らぬ女だ。髪を根結いにし、薄鼠色の単に葡萄染の帯を締めている。着物も帯も一色に染めあげられ、模様らしい模様はついていない。地味な出で立ちだが、その地味な色合いが女の肌の白さを際立たせていた。

素人（しろうと）じゃないな。

とっさに、そう感じた。ありふれた、目立たない装いにさり気なく艶を添える。素人には、まず無理な芸当だろう。

呉服問屋の三代目として育ったのだ。それぐらいの目利きはできる。

この女を束の間とはいえ、なぜ、お春だと思ったのか。似ても似つかないのに。

胸の内で舌打ちをする。指を開く。いつの間にか固く握り込んでいたのだ。

「ええ、確かに、駒形屋の聡介ですが。わたしに何か？」

聡介は軽く頭を下げた。挨拶ではなく、背の高い女を窺うためだ。

誰だろう？

瞬きする間にも脳裡にあれこれ、女たちの顔が浮いては沈み、また浮いてくる。

誰だろう？

見当がつかない。

「失礼ですが、どなたさまでしょうか」

「ゑんと申します」

「おゑんさん……」

聞いたことがあるような、覚えなどないような……。

女が艶然と微笑んだ。

人目を引くほど美しいわけではないのに、すいっと心を奪われる。そんな笑みだ。

「お春さんの名代でお迎えにまいりました」

ざぶり。

頭から冷水を浴びせかけられた。聡介は思わず身を縮め、数歩、よろめく。

幻覚だ。身体のどこも濡れてはおらず、夕空は晴れ上がったまま一滴の雨さえ落ちてはこない。

「お春の名代だって……」

「はい。お春さんが是非に、若旦那にお会いしたいそうです。さる場所で待っておりますよ。お出でくださいますよねえ、若旦那」

笑みを消さぬまま女が、一歩、前に出る。聡介は一歩、退いた。

「わ、わたしは、忙しいんだ。勝手に店を出て行った奉公人のことまで……しっ、知るもんか。かまってる暇なんてない」

「勝手に？　若旦那、それはないでしょう」

おゑんが口元に手を当て、くすくすと笑う。

「お春さんが勝手に出て行ったんじゃないこと、誰より若旦那が一番よく、ご存じじゃないですか」

おゑんがまた一歩、近づいてくる。聡介は、さらに一歩、後ろに下がった。

助けてくれ。

悲鳴を上げそうになる。思わず、大通りに視線を走らせたけれど、行き交う人々は忙しげで、こちらに目を向けている者はただの一人もいなかった。ある者は足早に、ある者は荷を背負って、ある者は楽しげに笑いながら、ただ行き過ぎるだけだ。

見慣れた往来の風景のせいか、聡介に少しばかり余裕が戻ってくる。小さく一つ、息が吐けた。背中に滲んだ汗が冷えていく。

たかだか女一人に、怯えてどうするんだ。つっぱねろ。お春などにこれ以上拘わりたくないと、つっぱねればいいんだ。何を恐れることも、何に怯えることもあるものか。

知らない。知らない。知らない。

「わたしは、お春なんて知らないよ。知るもんか」

言い捨て、おゑんに背を向ける。とたん、手首を摑まれた。恐ろしいほど強い力だった。

「お春さんが待ってるんだ。どうあっても来ていただきますよ」

白い顔がすぐ目の前に迫ってきた。やはり白くて長い指が突き出される。

「さっ、ご一緒に参りましょう」

指の先が聡介の鳩尾(みぞおち)に食い込んだ。こぶしがめり込んだわけでも、強く打たれたわけでもないのに、息が詰まる。膝から力が抜けていく。辺りが暗く閉ざされようとする。

これは、何だ……。

「あら、若旦那、ご気分がすぐれないんですか。しっかりしてください。すぐに、駕籠(かご)を呼びますからね」

遠くで女の声が聞こえる。

駕籠？　嫌だ、嫌だ。おれをどこに連れて行こうとしてるんだ。嫌だ、嫌……。闇が覆(おお)いかぶさってくる。その闇を払い除(の)けたくて、聡介は腕を上げようとした。

動かない。

聡介はすっぽりと闇に包まれた。

きゃあぁぁぁぁ。

すさまじい悲鳴と共にお春が階段を転がり落ちていく。

頭から突っ込むような落ち方だった。階段の上に立っていた聡介にも、お春の髷が潰れていくのが見えた。

「若旦那」

顔を起こし、お春が見上げてくる。哀しげな眼つきだった。その顔が、すぐに歪み、苦悶（くもん）の表情となる。

「あうっ、お腹が、お腹が……」

身体をくの字に曲げて、呻き始める。

「痛い。あ……助けて、お腹が……」

聡介は惚（ほう）けたように、立ち尽くしていた。

おれは、今、何をやったんだ。

明かり取りの窓から差し込んでくる光に、両手をかざした。瘧（おこり）のように震えている。

この手で、お春の背を押した。階段から、突き落としたのだ。

駒形屋の裏手に立つこの蔵は、お春との逢引（あいびき）に何度も使った。二階の一隅に古畳が敷いてあって、夜具さえ持ち込めば睦むのに何の差し障りもなかった。

一日中、黴（かび）臭く薄暗い蔵の中で家人の目を盗んでの目合（まぐわい）は、離れの座敷とはちがう昂りを聡介に与えた。一度など、お春の乳房を玩びながら喘いでいたとき、階下の扉が開く音がした。

「おや、鍵が外れてる。どういうことなんだ。まったく、また、松吉のやろうが掛け忘れたのか。しょうがないねえ。どこまでぼんやりしたら、気が済むんだ」

番頭の正太郎の濁声が聞こえた。聡介の下でお春が身を硬くする。外から掛けられないように、鍵は取り外して聡介が持っている。正太郎が出て行ったあと、聡介とお春は追われるように蔵を出た。そういう、胆を冷やす一時が歪な楽しみに変わる。

聡介はたびたび、蔵にお春を呼びだした。しかし、そのときは反対だった。お春が、聡介を蔵に誘ったのだ。

「若旦那、お話があるんです」

肩を抱いた聡介の手を外し、お春は唇を一文字に結んだ。そうすると、ひどく生真面目な、頑固な面容が現れる。

嫌な予感がした。

女がこんな顔をするのは、ろくなときじゃないんだ。

「話って、なんだ?」

嫌な予感とお春の身体への欲が、聡介の内でせめぎ合う。ぎちぎちと音を立てて軋む。

「あたし、この子を産みます」

お春が帯の上から腹を押さえる。

「なんだって……おまえ、子は堕ろしてきたんじゃないのか」

「堕ろしてなんかいません。子どもは、ここでちゃんと育ってます」

「そんな、お春、何を馬鹿なことを言ってるんだ。あれほど、おれが言い含めて」

「産ませてください」

身をよじり、お春が叫ぶ。

「しっ、大きな声を出すんじゃない。誰かに聞こえたら大事じゃないか」

お春は顎を上げ、声を低くした。

「あたしに赤ん坊を産ませてください。いえ、あたし産みます。若旦那がどう言おうと、あたし、この子を産みます。そう決めたんです」

「おい、お春」

目の前の女に向かって手を伸ばす。その手から逃れるつもりか、お春が身を引いた。

「若旦那に迷惑はかけません。決して、かけたりしません。お金もこの前、頂いただけで十分です。あたし、誰にも知られないようにそっと赤ん坊を産みますから、若旦那の祝言の邪魔なんかしませんから。だから、安心してください」

「お春、おまえな」

「お暇を頂きます。お店を出て行きます。もう二度と、若旦那にはお会いしません。それで、よろしいですよね。ただ、覚えていてください。女は、玩具じゃないんだってこと。自分の心一つで、赤ん坊を産めるんだってこと、覚えといてください。そうじゃないと……いつまでも女を玩具や道具としか考えられないとしたら、若旦那が不幸になります。あたし、それだけを言いたかったんです」

お春は頭を下げると、聡介に背を向けた。

あのときの気持ちを何と言い表したらいいだろう。何とも言い表せない気がする。思いのままに好きなように動かせた人形が、突如、心を持った人に変わり、その心のままに生きようとしている。

おれは捨てられるわけか。

火のような憤りが聡介を貫いた。取り残される悲哀が湧き上がってきた。

生意気なと感じる。裏切られたと感じる。身勝手だとは些かも思わなかった。

憤怒、悲哀、憎悪、未練……全てが混ざりどろりと黒くうねる。男を振り切って生きようとする女に、言いようのない情動を覚える。

遠ざかろうとする背中に追いつき、ぶつかっていった。両の手で思いっきり突きとばす。

きゃあぁぁぁ。

お春は、まっさかさまに奈落へと落ちていった。髷が潰れる。小さな身体が床に打ちつけられる。その音と呻き声に、我に返った。

おれは、何をしたんだ。

階段の下にお春が倒れている。血の臭いがした。生臭い血の臭いが鼻腔を満たす。

「助けて……赤ん坊が……」

お春が床を這う。血が筋となって流れる。

蔵を飛び出した。蔵から逃げた。それから後のことはほとんど覚えていない。翌日、お春の姿は蔵からも駒形屋からも消えていた。

九

夢を見ていた。

これは夢なのだ、おれは夢を見ているのだと、わかっていた。

それなのに、怖くて堪らない。辛くて堪らない。聡介は恐怖に震え、辛さに泣きながら床を掃除していた。

蔵の床だ。

お春の血があちこちに黒い染みとなって残っていた。いや、刻まれていた。

拭いても拭いても、取れない。

あの日も、こうやって必死に床を掃除していた。お春を突き落とし、蔵を飛び出した翌朝だ。

蔵を飛び出した後、しこたま飲んで、飲んで、酔い潰れ、曖昧宿にもぐり込んだ。どんな女と寝たのかまるで覚えていない。

お春はあのまま死んでしまったのだろうか。

それだけを考え続けた。考え続け、考えることにもう疲れきってしまったとき、聡介は鼾をかいて眠りこけている遊女を押しのけて起き上がった。

駒形屋の蔵に急ぐ。

鍵は掛かっていなかった。

「お春」

名前を呼びながら、蔵の中に踏み込む。

誰もいなかった。

死体もなかった。

生きて呻いている女もいなかった。

誰も……いない。

血の痕だけが残されていた。

点々と蔵の外まで続いている。どす黒く固まったものもあった。身体中に生臭い血の臭いが染みてくるように思われた。

聡介は、汗まみれになりながら、血の痕を拭き取った。

吐き気がした。

お春はどこに行ったんだ。

そこに思いが至ったのは、どうにか掃除を終えてしばらくしてからだ。

自室に戻り、夜具を敷き、寝転ぶ。自分でも気息が乱れているとわかっていた。

さして暑くもないのに、身体は汗でしとどに濡れている。そして、震える。歯の根が合わず、カタカタと音をたてた。

お春はどこに行ったんだ。

半分痺れた頭で考える。思う。

お春、おまえは……。

「お春、お春」

母がお春を呼んでいる。

身体と心が竦みあがった。

「まったく、しょうがないねえ。どこに行っちまったんだよ。お春、お春」

耳を塞ぎ、目を閉じる。

お春はどこに行ったんだ。

自分の力で駒形屋から出て行ったのか。

誰かが運び出したのか。

生きているのか、死んでしまったのか。

わからない。

「お春、いないのかい。表座敷の掃除ができてないじゃないか。何をしてるんだい。お春、お春ったら」

母の声と足音が遠ざかる。

聡介は口を開け、喘ぐ。そして、また、とりとめもなく考える。思う。

お春はどこに行ったんだ。

その夜から、聡介は毎晩、同じ夢を見るようになった。

蔵の床を懸命に拭いている夢だ。血の痕を必死で拭き取ろうとしている。

汗みずくになり、息を荒くし、ただ、ひたすら床を擦っているのだ。

立ち上がろうとしても、膝が床から離れない。四つん這いのまま、這いずることしかできないのだ。苦役のようだった。

聡介は喘ぎながら床に這いつくばる。そして、考える。思う。

お春はどこに行ったんだ。

背後で人の気配がした。聡介は手を止め、首だけを後ろに捩じる。

いつも、そこで目が覚めた。

夢であるはずなのに、無理やり捩じった首筋が痛み、動悸が激しい。絞れるほどに寝汗をかいていた。

だから、わかっていた。

これは夢なんだ、と。

おれは、また、いつもの夢を見ているんだ。

膝をつき、床を拭く。

拭き取らなければ、お春の血をきれいに拭い去らなければ、おれのやったことが露になってしまう。

拭き取らなければ、隠さなければ、消してしまわなければ……。

とろりと甘い匂いが漂う。

聡介は手を止め、辺りを見回した。

薄暗い。

聡介に見えているのは、手元の床だけだ。点々と血の痕が付いた床だけが、闇の中にぼんやりと浮かび上がっている。

聡介は闇に包み込まれていた。その闇そのものが匂うのか、甘く重い香りが纏わりついてくる。

今までの夢とは違う。いや、夢でも現でも、こんな香りを嗅いだことなどない。

花か？　違う。

熟した実か？　違う。

女の体臭か？　違う。

香か？　香だろうか。

とろり、とろりと甘い。鼻からも口からも目の端からも耳の孔からも、滑り込んでくる。

むせ返るようだ。

背後に気配がした。

あぁ、まただ。また、同じことを繰り返すんだ。ここで、目が覚めて……。

首を捩じる。ゆっくりと捩じる。

目は覚めなかった。

闇に包まれたまま、聡介は身体ごと振り向いていた。

「お春……」

飲み下した息が塊となって、胸に閊えた。

苦しい。

「お春、おまえ……」

お春が立っていた。無言のまま、しゃがみ込んだ聡介を見下ろしている。

血の気のない顔、頬にへばりついた長い髪、微かに震える唇、そして、怨みよりも怒りよりも、哀しみを湛えている眼差し。

お春がそこにいた。

聡介は、ぺたりと尻をつき、お春を凝視する。顔を、髪を、眼差しを見詰める。

生きていたのか。

生きていたのだ。お春は生きていた。

そう思った刹那、聡介は深く長い息を漏らしていた。吐息と共に、涙が流れ出る。次から次にあふれ出し、止まらなくなる。

安堵の涙だった。

生きていた。生きていてくれた。

「お春、お春、お春」

聡介はお春の足元まで這い進み、裾を摑んだ。強く握り込む。

「お春、許してくれ。おれを許してくれ。許してくれ」

「若旦那」

「おまえが誰より大切だった。おまえがいないと、おれは……おれは、駄目なんだ」

「若旦那」

「おまえが傍にいてくれたから、おれは幸せだった。そのことに、やっと気が付いたんだ。やっと……頼む、お春。おれのところに、戻ってきてくれ。頼むから……」

「若旦那」

頬に指が触れた。氷のような指だった。あまりの冷たさに、悲鳴を上げた。

「若旦那、目をお覚ましなさいな」

掠れた美しい声がした。

目を開ける。

白い顔が目の前にあった。お春ではない。あの女だ。あの女……おゑんと名のった女だ。往来でおれを呼び止めて、呼び止めて何と言った？

お春さんの名代で参りましたと言わなかったか。それで、おれの腕を摑んで、

おれは急に目の前が暗くなって……。

飛び起きる。

おゑんが膝をついたまま、すっと退(しりぞ)いた。

「ようやっと、お目覚めでございますか」

「ここは、ここはどこだ」

「あたしの家でござんすよ」

「おまえの家？　何で、おれがそんなところにいるんだ。勾引(かどわかし)か？　おれを勾引(かどわ)かして、身代金でもせしめようと」

聡介は口をつぐんだ。おゑんが笑ったからだ。冷ややかな、艶(あで)やかな笑いだった。氷の中に咲く花のようだ。冷たくて艶やかではないか。

「身代金が欲しくて勾引かすなら、もう少し大店の、ご隠居あたりを狙(ねら)いますよ。そのくらいの智慧(ちえ)は働きますからね」

おゑんがすっと、笑いを消した。そうすると、その切れ長の眼が鋭い棘(とげ)を含んでいたのだと知れる。その眼つきのまま、おゑんは聡介を見ている。睨んでいるわけでも、窺っているわけでもない。ただ、見ている。

棘が聡介の全身に突き刺さる。

「あたしはお春さんの名代で、若旦那をここにお呼びしました。先ほど、そう、お伝えしたはずです」

「お春……、お春がここにいるのか」

「ええ、いますよ。若旦那を待っています」

おゑんの黒眸（くろめ）が横に動いた。

「……会わせてくれ」

「お会いになるんですね。会う覚悟がおありなんですね、若旦那」

「会わせてくれ！　お春に会わせろ！」

叫んでいた。叫びながらおゑんと名のった女に飛びかかっていく。身体が宙に浮いた。次の瞬間、床に押し付けられていた。腕がきりきりと捩じ上げられる。痛みに呻いていた。

「やっ、やめろ……ほっ、骨が折れる」

「お春さんの痛みは、こんなもんじゃなかったはずですよ。もっと痛み、もっと苦しんだ。若旦那、あんたのせいでね」

「う……痛い。はっ、放してくれ。助けて」

「お春さんは若旦那を怨んでいるかもしれない。殺してやりたいほど憎んでいるかもしれない。それでも、会いますか」

痛みに脂汗（あぶらあせ）を浮かべながら、聡介はうなずいた。何度も何度もうなずいた。

「会わせてくれ、頼む。お春に会いたいんだ。会って、詫びたい。詫びて……詫びて、おれのところに戻ってもらいたい……」

「ずい分と手前勝手な言い分だねえ」

腕が楽になった。息が吐ける。

おゑんが座ったたまま、身体の向きを変えた。

「お春さんは隣の座敷にいますよ。どうぞ」

無地の襖がすっと横に動いた。行灯の明かりがぼんやりと、六畳ほどの座敷を照らしている。

香りが強くなる。あの、甘い匂いがさらに濃厚に漂う座敷だ。聡介はよろめきながら立ち上がり、その座敷へと足を踏み入れた。

誰もいなかった。

男も女もいない。人の気配は微塵もない。腕を押さえ、振り向く。おゑんの視線が絡む。

「お春は……」

「そこに、いらっしゃいますよ」

おゑんが僅かに顎を上げた。

「若旦那には見えませんか」

「え……」

行灯の傍に白布を被せた台が設えてある。そこに、やはり白布で包まれた小さな箱と位牌が並んでいる。

聡介は口を半ば開いたまま、佇んでいた。

十

おゑんがすっと白布の台に近寄り、膝をついた。香りが揺れた。台の端に小さな香炉が置いてある。闇と同じ漆黒の色だったから、気が付かなかった。

香炉からは一筋の細い煙が立ち上り、天井近くで闇に融け、消えていく。

「それは……何だ」

聡介は身を絞るようにして声を出した。そうしないと、喉も舌もぺたりとくっつき、声どころか息さえできない気がした。

「若旦那が自分でお確かめなさいな。さっ、どうぞ」

おゑんの口調に聡介は身震いをしていた。桶一杯の冷水を頭から浴びせられた心持ちだ。凍えるほどに冷たいけれど、目は覚める。

痺れたように動かなかった足が、そろりと一歩、前に出た。

そろり、そろり。

そろり、そろり。

白布の箱に近づく。

そろり、そろり。

そろり、そろり。

骨箱だった。

そして、位牌。

これは、これは……誰の……。

聡介は黒塗りの木札に手を伸ばした。指先が震えて、上手く掴めない。位牌には、白文字で「はる」とだけ記されていた。

「お春、これはお春の……」

「お骨と位牌ですよ。今さら驚くことじゃないでしょう。この座敷に足を踏み入れたときから、おまえさんにはわかっていたはずですよ。ええ、わかっていましたとも。若旦那、おまえさんは気が付かない振りをしていただけでござんしょう」

全身からすっと力が抜けていく。脚が、腰が、身体を支え切れない。

聡介はその場にくずおれた。おゑんの声が、頭上から降り注いでくる。

「お春さんは、あなたに階段から突き落とされ、血を流しながらここまで辿り着いたんですよ。お腹の赤ん坊を助けたい一心でねえ。でも……駄目だった」

おゑんが目を伏せ、膝の上で指を握り込む。

「助けられませんでしたよ、若旦那。せっかく、あたしを頼りに、這うようにしてここまで来てくれたのに……助けられませんでした」

聡介は骨箱を胸に抱いた。お春の身体の柔らかさも、密やかな息遣いも、肌の火照りも伝わってはこない。

当たり前だ。当たり前だ。当たり前だ。

おれは、お春を失ってしまったんだ。もう一生、お春には会えないのだ。

身体の真ん中にぽかりと空いた穴を見る。今、空いたものなのか、お春が蔵から消えたあのときから、既に穿たれていたのか、聡介には窺い知れない。ただ、穴があるのだ。底なしの暗い穴が、ある。そこから、凍えた風が生まれてくる。聡介は、凍て風にすっぽりと包まれ、血の流れまで凍りつく想いに震えた。女を失うとは、こういうことだったのか。

「お春、お春……おれが……」

「そうです。若旦那の罪です」

おゑんが言い切る。その語調の強さに聡介は顔を上げ、僅かに喘いだ。

「おれの罪……」

「そうです、若旦那、あなたは取り返しのつかない罪を犯しちまったんですよ。誤解しないでください。あたしは、あなたのことをお上に訴え出ようなんて、考えちゃいませんよ。お春さんだってそんなこと、望んじゃいないでしょうからね。けど、お白洲で裁かれようが、お裁きを免れようが罪は罪。消えるもんじゃない。若旦那が人を一人殺めた。それは、決して消えない罪でござんしょう」

聡介は骨箱をさらに強く抱き締めた。

「おれが……殺した……」

そうだ、おれがお春を殺した。階段から突き落とした。この手で背中を押した。

「お春は……苦しみましたか……」

「お腹の赤子が流れたんです。苦しくないわけがありませんよ。男には想像もつかない苦しみと辛さ、でしょうよ」

凍て風が吹く。穴の底から吹き上がってくる。途切れることも、薫風に変わることもない。おゑんが身じろぎをした。

「どうすればいい……」

呟く。誰に向かって呟いているのか、判然としない。答えを示してくれる誰かに向かって、呟く。

「おれは、どうしたらいい。おれは、どうしたらいい。おれは……」

「罪は贖わなきゃいけないでしょうよ」

おゑんの一言に、聡介は呟きを飲み込んだ。

おれのやったことは、贖えるようなものなんだろうか。

おゑんが手を打つ。それが合図だったのか、一人の老婆が入ってくる。白髪をきっちりと達磨返しに結っていた。

無言のまま、聡介の前に盆を置く。素焼きの湯呑(ゆの)みが二つ、並んでいた。どちらにも八分目ほど黒い水が入っている。

これは？

聡介は問うようにおゑんを見やった。心の臓の鼓動が強くなる。胸を押し上げて、どくどくと脈打つ。

「お春さんなら、若旦那を裁こうとは思わないでしょう。けどね、あたしは、どうにも納得がいかなくてねえ。このまま済ませるわけにはいかないって思っちまうんですよ」

おゑんの声音(こわね)には先刻までの冷たさはなかった。温かいわけでもない。人の情のこもらない淡々としたものだった。

おゑんの手が聡介から、骨箱を取り上げる。かさりとささやかな音がした。地味で影の薄い女は骨になっても幽(かそけ)きもののままなのだ。

おゑんが骨箱を位牌の横に返す。

「道が二つあります。一方の道はまた二つに分かれます」

「は？」

聡介は、唾を飲み下した。おゑんの言うことの意味が、飲み込めない。

何の謎かけだ？

おゑんが笑った。妖艶（ようえん）な、けれど、酷薄な笑みだった。背筋に沿って汗が流れる。

「最初の道は、賭けをするか、何もせずにこの家を出て行くかの二つ。どちらを選ぶかは若旦那次第でござんすよ」

「賭けとは……」

「この二つの湯呑み、一つには薬湯が、もう一つには毒が入っております」

「毒！」

「烏頭（うず）と呼ばれる猛毒でござんすよ。遣（つか）いようによっては痛みを鎮（しず）め胃の腑（ふ）の働きを助ける薬ともなりますが、この湯呑みに入っている量は薬ではなく毒、大の男一人、簡単に絶命させるだけの毒が入っています」

「それを飲めと……」

「どちらを選ぶかは若旦那に任せます。生きるか死ぬかは五分と五分。もし、若旦那が薬湯を選んだら、お春さんが全てを許した証（あかし）と、あたしも納得いたしましょう。若旦那も全てを忘れ、生き直す道をお行きなさいな。むろん、賭けなど御免だとお逃げになるのもお心次第ではあります。罪を贖わぬまま生きるのも、若旦那の人生でござんすからね」

頬を汗が伝う。歯の根が合わない。

お春、おれはおまえを殺した。祝言の邪魔だったからではない。おまえがおれを捨てようとしたからだ。だけど、結局、おまえはいなくなった。もう二度と帰ってこない。

罪を贖わぬまま生き続ける。一生……。

聡介は湯呑みを摑んだ。意外にも、指先は確かで微かも震えていなかった。一息に飲み干す。舌が痺れるほど苦い。

苦い。突き刺さるような苦さだ。聡介の手から湯呑みが滑って落ちた。

「あ……あ、あ」

聡介が白目を剝く。そのまま、前のめりに倒れ込んだ。

煙が揺らぐ。おゑんが転がった湯呑みを拾い上げた。それから、もう一つの湯呑みを手に取り、飲み干す。

「ああ苦い。まさか、苦すぎて気を失ったんじゃないだろうねえ」

「まさか。てっきり毒薬を選んだと早とちりなさったんでしょうの。どちらも千振の汁なのにねえ」

　老女末音が小さく笑った。

「でも、逃げなかった。自分の罪から逃げなかったじゃないか。末音、駕籠を呼んで、若旦那を駒形屋まで運んでもらっておくれ」

「心得ました。すぐに、手配いたします」

　末音が頭を下げた。

　四半刻の後、聡介は覚醒しないまま、駕籠に押し込められ、駒形屋へと帰っていった。

　担ぎ棒の先で小田原提灯の明かりが揺れる。揺れながら遠ざかっていく。

　おゑんと末音は並んでその明かりを見送った。いや、おゑんの後ろにもう一人――。

「お春さん」

　おゑんが振り返る。

「ほんとに、これでよかったんですね」

　お春はおゑんの目を見詰め、はっきりとうなずいた。

「ええ、もう何も言うことはありません。だけど、若旦那もあの骨箱の中に赤子の産着が入っていたとは夢にも思わなかったでしょうね」

この世で、ついに生きることのなかった赤ん坊のため、お春が拵えた産着だ。男か女か定かでないその子に、お春は自分の名を付けた。今度また、自分の許に生まれてくるようにと。

「夜気は身体に障ります。中に入りましょう」

おゑんが促す。お春は、ええと短く答えた。

「お春さん」

「はい」

「これから、どうします」

「これから……新しい働き口を見つけるつもりです。一人で生きていけるように」

末音がおゑんをちらりと見やる。おゑんは鬢の毛をそっと掻きあげた。

「お春さん、あたしの所で働く気はないかしらね」

「え？　あたしが、ここで」

「ええ。赤ん坊の世話をしてくれる女手が欲しいと、かねがね思ってたんですよ」

「赤ん坊、ですか」

「ええ、あたしの所では人に知られず生まれてくる赤ん坊がいるんですよ。わけあって、母親も父親も育てることができない赤ん坊たちをここで大きくしながら、里親を探す。それも、あたしの仕事の一つです。その赤ん坊たちの世話を、あなたに頼みたいのだけれど」

お春は目を見開いたまま、おゑんの話を聞いていた。一言も聞き逃すまいという風に張り詰めた眼差しをしていた。

「あたしで……務まりますか」

「十分ですよ。襁褓を換えて貰い乳をしてと、なかなかに大変な仕事ではありますが」

お春は身体を強張らせたまま、ぎこちない辞儀を繰り返した。

「やらせてください。是非、お願い致します」

おゑんと末音は目を合わせ、どちらからともなくうなずいた。

風が吹き、竹が鳴る。潮騒に似た音が、闇の中に佇む三人の女を柔らかく包み込んだ。

菊姫様奇譚

和田はつ子

一

そこはかとなく菊の花の香りが流れてきていた。

「めずらしいものではありませんけど」

幼なじみの志保はぽつりといって、隣りの畑から手折ってきて束にした黄色い野菊を、出かける桂助に渡した。桂助は、

「ありがとうございます。菊はお房の好きな花だから、きっと喜びますよ」

お房は桂助の妹である。

「でも藤屋さんのような大店では、さぞかしきれいな菊を育てておいででしょう」

当時菊は秋を華やかに彩る江戸の風物の一つであり、身分の上下を問わず広く栽培されていた。まずは菊で作った四肢に、作り物の武将や姫君などの頭を据える菊人形。これは巣鴨の菊見物が有名であった。

他には小菊の懸崖仕立てや盆栽仕立てもあって、ともに数知れない小菊が豪華絢爛にしなだれている。見ているとあまりに心地よいので、もとは関西の料亭や料理屋で飾られていたものが、急速に江戸まで広まった。

そんなわけだから、桂助の父である藤屋長右衛門にも自慢の懸崖仕立てがあっ

た。知り合いの誰にも負けまいと、長右衛門は枝のよく出る菊の品種を草の根を分けてもと探しもとめ、小枝を増やし、大きな株に育てあげたのである。

庶民は庭先に何本か植える程度ではあったが、種類が豊富で生命力が強く、花の時期が長いこの花を、はかない美しさの桜や朝顔にも増して愛(め)でていた。

桂助は長右衛門の懸崖仕立ての小菊の話をした後、

「急な用だというから出かけて行くのですが、おとっつあんの菊自慢だと長くかかりますね」

とため息をついた。

「もっとよいお話かもしれませんよ」

いった志保は頬(ほお)を染めて、いわなければよかったという顔になった。

「よい話？」

桂助は思案して、

「おとっつあんの気が変わって白牛酪(はくぎゅうらく)を今より多く、都合してくれるというのだといいですね」

白牛酪は今日(こんにち)の練乳やバターであり、病気の回復に素晴らしい効能があった。骨にもよいものだと長崎で桂助は知り、歯は骨の一部といえるから、歯にもよいのだと確信している。だとしたら、育ち盛りの子どもたちの治療にもっと多く使いたい。ついては、長右衛門に懇願したことがあったが、元を正せば、白牛酪はお上の食べ物なのだ、恐れ多いと断られてしまった。確かに白牛酪は、将軍家の幕領である安房の御用牧場で、わずかな量作られているだけのものであった。

「そうですね」

志保は桂助が自分の真意に気づいていない様子なので、ほっとして相槌を打った。さっき志保が言いたかったのは、

――そろそろおめでたい話なのでは――

ようは桂助が見合いでも勧められるのではと案じたのであった。

藤屋ではお房が店先にいた。

お房は寡婦である。婿に入った勘三が悪事の限りを尽くした挙げ句、飼っていたまむしに噛まれて死んでから、かれこれ一年近くたっていた。

「兄さん、お久しぶり」

お房は客の選んだ反物を店の者に包ませ、客を送って帰ってきたところだった。

「元気そうだね、よかった」

桂助は血色のいいお房の童顔を見つめていった。これが勘三のたくらみで病人にされ、危うく殺されそうになった妹だったとは、今ではとても思えない。

「このところ、お店でお客様の相手をさせてもらっているの。わりにいいのよ、わたしの評判、似合う柄選びが上手だといわれているの。でも当たり前といえば当たり前ね、何せ、藤屋の娘なんですもの――」

そういって、お房は可愛いえくぼを見せてころころと笑った。土産にと志保が用意してくれた菊を渡すと、

「野菊は可憐だわ。わたしはおとっつぁんの大仰な菊より、こっちの方が好きよ」

などともいった。

桂助は奥へと急いだ。

長右衛門は待ちかねていた。

それで桂助の顔を見ると、

「よく来てくれた」

といったきり、長右衛門は黙っている。もともと長右衛門は、誰に対しても口数の多い方ではなかったが、相手が桂助だと一層寡黙になりがちだった。

それで仕方なく、

「何かわたしに急用があったのではありませんか」

と桂助から聞いた。

知らずと腕を組んで眉を寄せていた長右衛門は、

「稼業はありがたいが、時に困ったことにもなる。こういう稼業をしていると、お客様からのっぴきならない願い事を持ち込まれる。どうしたものか――」

うーんと考えこんでしまった。

「何なのです、その願い事というのは」

桂助はいつになく沈みがちな長右衛門を案じた。

「萩島様を知っているな」

「ええ」

萩島様とは萩島藩のことである。萩島藩は外様でこそあれ、奥州の大藩であった。

「萩島藩ではついさき頃、御嫡男の弓千代様が、お上の命により、大月藩のご息女とのご婚約を整えられた。弓千代様はいずれは藩主様になられる。さてこの弓千代様には、お一人お姉様がおいでになる。桃姫様とおっしゃり、まだ嫁いではいらっしゃらず、江戸屋敷においでだ。この桃姫様は歯がお悪い。何とか治療してほしいと、江戸家老じきじきに出向かれて頼まれてしまった。もちろん、わしがおまえの父親だと知ってのことだ」

長右衛門は少なからず腹立たしげだった。

「ですが、おとっつあん」

聞いた桂助は首をかしげ、

「萩島様ともなれば、城中に口中科の奥医師をお抱えのことと思いますよ。おかしな話です」

「わしもそう思う。しかし、これからおまえに伝えることは、もっとおかしなものなのだ」

長右衛門は苦い顔になって、

「萩島様の御家老は治療には訪れてほしいが、くれぐれも口中医とわからぬようにとおっしゃったのだ」

「口中医でなければどう名乗って伺うのです」

「あちらは藤屋の若旦那を名乗って、出入りしてほしいというのだよ」

「それで治療ができるのですか」

桂助は呆(あき)れた。

二

桂助はこの話を〈いしゃ・は・くち〉に持ち帰った。

ちょうど房楊枝(ふさようじ)をおさめに訪れていた鋼次(こうじ)は、

「いくらおとっつあんの願い事でも、桂さんは忙しい。ちょいと無理な話だ。断ったんだろ、桂さん」

といった。

「それが――」

桂助は困惑した顔で言葉に詰まった。

志保は、長右衛門の願い事が桂助の見合い話ではなかったので、ほっと胸を撫で下ろした。

桂助は、

「萩島様と藤屋は先々代からのご縁だということなのですよ」

「じゃあ、桂さん、呉服屋の真似事するのかい」

驚いた鋼次は思わず大声を出していた。

「真似事ではないでしょう。桂助さんは今でも藤屋の若旦那ですから」

志保はたしなめた。

桂助は、

「まだ決めていないのです。どうしたものかと――」

めずらしく煮え切らない物言いを続けた。

「読めたぜ」

鋼次は膝を打った。

「萩島藩の口中医は藪なんだ。大奥だってそうだったろ」

以前桂助と鋼次は大奥に呼ばれ、側室である初花の方の歯の治療をした。この時の初花の方は、抜歯に対する恐れに取り憑かれていた。前に口中の奥医師に歯を抜かれた時、気が遠くなるほど長くかかり、以来身体まで弱らせていたからであった。

「桃姫様はかわいそうな初花の方ってわけさ。となりゃ、桂さん、こりゃあ、一肌脱がなきゃならねえよ。俺もまた手伝うぜ」

鋼次は意気込んだ。

桂助は、

「江戸詰めの御家老様からのお話ですし、御家老様とおとっつあんは長いつきあいですからね――」

「よかった」

志保の目がなごんだ。

「だとしたら、何でそんな妙なこと、言いだすんだい」

なおも首をかしげる二人に、桂助は長右衛門から聞いた萩島藩の事情を話した。

「ってえことは、桃姫様は〝行かず後家〟ってわけだな」

鋼次は思わず口に出したが、桂助はうなずかず、志保はぷいと横を向き、その後肩を落としてうなだれた。志保は二十をすぎていて、当時としては、やや婚期が遅れていたからであった。

ほんのわずかな時ではあったが、三人は黙り込んだ。

——志保さんに悪いことをいっちまったなあ。けど、どうして、俺の口はこうも軽いんだろう。大切な志保さんなのに——

鋼次はめずらしく青ざめて泣きたくなった。

すると志保は、

「そう決めつけるのはおかしなことです。身分の高いお方にはそれなりのご苦労がおありになるものではないかしら。お一人でおいでになるのだって、下々（しもじも）には、はかりしれないご事情がおありになるのやもしれません。軽々に決めつけるのは誤りです。鋼次さんのそういうところ、よくありません。嫌いです」

と言い放ち、鋼次の顔は青さを通り越して、白くなった。もちろん言葉など出ようはずもなかった。

——俺はただ、馬鹿姫と志保さんは違うって、いいたかっただけなんだが——

しかし、口から出した言葉はもうひっこめることはできない。

またしてもその場が重くなった。

――どうしたらいいんだよ、桂さん。何とか助けてくれよ――

鋼次は叫びたかったが、こういう時に頼りになる桂助ではなかった。

今度は前より長く沈黙が続いた。さすがの桂助も、

――困ったな――

とは思ったものの、どうしていいか、途方に暮れかけていると、戸口をがらりと開け放つ音がして、

「ごめん」

聞いたことのある男の声がした。その声は高くも低くもなく、大声でさえなかったが、芯があってよく響いた。

志保が戸口へ走りかけた時には、側用人の岸田正二郎がすたすたと歩いてきていた。幕府の重職に就いているこの人物とは、〈いしゃ・は・くち〉の庭に、見知らぬ大奥女中の死体が投げ込まれる、という事件以来のつきあいであった。〝初花の方様の治療をしてさしあげよ〟と、大奥に桂助を召しだしたのもこの岸田であった。

岸田は長身痩軀で端麗な容姿ではあったが、やや大きく高い鼻の持ち主で、誰もが冷たく鋭利な印象を受けた。桂助の父藤屋長右衛門とは懇意で、手に入れにくい白牛酪を融通してくれているのだが、親しみが持てないのは、こうした印象のせい

かもしれなかった。

「急な用でまいった。話がしたい」

岸田はいい、うろたえながら志保は客間へと案内した。

岸田の顔を見たとたん、鋼次は、ぴんと来て、

――きっと、馬鹿姫様の話、ごり押しに来やがったんだな。しばらくご無沙汰だったが、いよいよ出てきたか。こいつが出てきたとなりゃあ、大変なことになるな。これだけはまちげえねえ――

と大奥であった、色と欲とがどろどろと絡まりあった事件を思い出していた。そして、

――あれだって、初花の方様の歯抜きは口実で、はなっから桂さんに、奉行も入れねえ大奥の悪事を、暴かせる腹でいたのかもしれねえんだ――

さらに、

――怖えやつだ。やっぱり、油断ならねえ。やつがやってきたからには、この先、何が待ってるか、見当もつかねえ――

一方、上座に座った岸田は、

「まずいっておく。大奥行きではこちらに借りができたが、油屋の福屋の件で帳消しとさせてもらった。あの調べは高くつく、と申しておいたはずだ。わかっておろ

うな」

下座に控えている桂助を見据えた。

「わかっております」

桂助が覚悟すると、

「萩島藩の江戸屋敷まで、ご息女桃姫様の治療に出向いてもらいたい。先方より呉服屋を装うようにとの申し出があり、それゆえ、まずは長右衛門に伝えたが返事が遅い。そこでこうして足を運んだまでのことだ。よいな、よろしく頼むぞ」

有無をいわせぬ口調でいい、岸田は早々と立ち上がった。

三

その岸田は戸口を出て行きかけて、

「近く萩島藩の江戸家老堀口三郎太が訪ねてくるはずだ」

ふと思い出したようにいった。

岸田が帰った後、桂助が用件の内容を告げると、

「岸田様からの仰せなら大丈夫なのではないかしら」

と安堵してしまった様子の志保に、

「馬鹿いっちゃいけねえ。そいつが一番危ねえんだぞ。志保さんは大奥ってえ、化け物が住んでるとこへ行かされたことがねえから、岸田が味方だなんて思えるんだ。気楽すぎらあね。あの時は、桂さんの謎ときで上手くことが運んだからいいようなもんの、一歩間違ったら俺たちは今ここにいねえ。なますにでもされて大川に浮いてるのが関の山だ。岸田は俺たちを大奥の若狭ってえ年寄りに預けて、放っぽり出したんだからな」

不安と腹立しさをぶつけた鋼次は、さっきまでのしょんぼりしていた様子とはうって変わった活きのよさだった。さらに、

「だから今度だって何を企んでるか、知れたものじゃねえんだよ」

鋼次の剣幕に気圧された志保は、次第に岸田に巻き込まれる桂助の身が案じられてきた。息苦しいほどの不安のあまり、知らずと志保は、

「ですけど、歯痛で苦しむ御姫様をお一人、診てさしあげるだけではありませんか」

物事をいい方に考えようとしていて、

「桃姫様がお着物好きで口中医嫌いだとしたら、楽しいお着物選びにこと寄せて近づきになり、肝心の治療をしてほしいということなのかもしれませんよ」

志保のその話に、

「なるほど」

桂助は納得した。

「そうだといいと俺も思うぜ」

鋼次もうなずいた。

萩島藩の江戸家老堀口三郎太はその翌日、〈いしゃ・は・くち〉を訪れた。堀口はずんぐりした身体（からだ）つきで、結った髷（まげ）には白いものがちらついていた。四角い肝（きも）の据（す）わった顔は、若い時にはさぞや精悍（せいかん）そのものだったと思われる。しかし今は、寄る年波には勝てず、目の下の分厚く黒い隈（くま）は役目ゆえの疲れを滲（にじ）ませていた。

堀口三郎太は身分を名乗った後、

「そこもとの評判、とくと聞き及んでおります。ご息女桃姫様治療の件、どうかよろしくお願いいたします」

驚いたことに桂助に頭を下げた。

普通、武士は町人などには、頭は下げないものであった。食い詰めた旗本が、こっそり借金でもする時ならいざ知らず、江戸家老が主君の姫の治療を町の口中医に頼むのだから、これでは丁寧すぎた。

「是非（ぜひ）そこもとにおいでいただかなければ——、困ったことになるのです」

そういった堀口は目を伏せた。何かはわからなかったが、悩みは深そうだった。

「桃姫様の歯はどれほどお悪いのでしょうか」

桂助は聞いた。

「それが――」

堀口は一時(いっとき)いい淀(よど)んだ。

「聞かせていただけないと、適した口科道具や薬を持参することができないのです」

なおも桂助が聞き募ると、やっと、

「ご自身では、口の中の歯が残らず悪いとおっしゃっておいでです」

重い口を開いた。

「歯草(はくさ)といって膿(うみ)がたまって、歯茎が崩れる病いですと、そのようなことも起きます。こうなると昼夜なく疼(うず)くように痛み続け、口から悪臭がもれます。お付きの方は気がつかれているのでしょうか」

桂助は歯草の症状を並べたててみた。

すると相手は首を振って、

「まず、その病いではないでしょう。それに桃姫様のお口からは、いつも麝香(じゃこう)のよい香りがすると、お付きの者が申しておりました」

「麝香入りの歯磨き粉をお使いなのですね」

麝香とは、雄の麝香鹿から取る高価な香料である。これと房州砂を混ぜると贅沢な歯磨き粉ができた。房州砂とは、陶土を水で漉してとった上澄みの細かい粒子である。おしゃれな姫の歯磨き粉は、麝香入りの紅花色で、たいそう雅やかなものであった。

「桃姫様はたいへん身なり、身のまわりにお気づかいをなさる方なのです。奥方様もそうであられるので、奥方様譲りなのでしょう。お年は二十をとうにすぎておられますが、とてもそのお年には見えません。ただ――」

そこでまた堀口は口ごもった。

すると桂助は、

「これはわたしが思っただけのことなのですが、桃姫様は歯などどこも痛んでおいではないのでは――ちがいますか」

ずばりと聞いた。

「そのような――」

といって堀口は絶句したが、さすが江戸家老ともなると、顔色を変えたりはしなかった。

「これはまいりましたな」

堀口は苦笑して、

「実はわたしどもも、そこもとが今申されたように推察しているのです。ただ口中医でもないわたしどもがそういったところで、姫様がちがう、〝痛くて眠れぬ〟とおっしゃっておられるので、姫様が申されるようにおききするしかないのです」

「わかりました。堀口様はこのわたしに、桃姫様の口の中を診て、痛む歯のない証をたててほしいとおっしゃるのですね」

　ほっとしてうなずいた堀口だったが、

「そうなのです。実は今、当家に桃姫様の縁組みが持ち込まれております。これは、お家のためにも、桃姫様の今後にも、これ以上は望めまいと思われるほどよいお話なのです。そのもったいないお話を、当の桃姫様は、口の中の歯が残らず痛むからとわたしどもを欺いて縁組みを断りかねないのです」

　いったそばから額に汗を吹き出させた。

「たしかに口中の病いとはいえ、重い歯草ともなれば、口が臭いますから、縁組みにさしさわりがあるでしょう。ただわからないのは、なぜわたしなのですか。口の中をお診たてするぐらいでしたら、わたしごときの町医者を呼ばずとも、そちらの奥医師の方でよろしいのではありませんか」

　桂助が首をかしげると、堀口は、

「桃姫様はお小さい頃から、医師と名のつくものがお嫌いなのです。今となってはどんな奥医師も近づくことさえできません。それでわたしどもは、長きにわたって悩まされてまいりました」

深いため息をついた後、

「呉服屋を名乗りつつ、治療をしていただくなどという、まことに勝手なお願いをいたしました以上、桃姫様についてお話し申し上げておかねばならぬことがまだございます」

といい、

「桃姫様の行く末については、殿様も奥方様も案じておられます。そのわけは、大変お恥ずかしいお話なのですが、お小さい頃からの夜尿ゆえなのです」

「夜尿ですか、それは厄介ですね——」

当時、大人になっても治らない夜尿癖は、特に女子の場合、嫁ぐことはほとんど不可能であった。どんなに相手に理解をもとめても、夜な夜な小便を漏らされては、むつみごとを興ざめにすると男たちは感じていたようである。

「それもあって、不憫に感じられた殿様、奥方様は、それはそれは桃姫様を可愛がられ、甘すぎるほどでした。もちろん持ち込まれる縁組みは、幸い幕府の命によるものがございませんでしたから、丁重にお断り申し上げておりました」

そこで言葉を切った堀口を、

「それでどうして今回は縁組みに乗り気になられたのですか」

桂助は促さずにはいられなかった。

「お相手はさる御大名の御嫡子（ごちゃくし）であられますが、縁組みをしたいとおいでになった、あちらの御家老は、こちらの姫様の夜尿のことをご存じでおいででした。おおかた、宿下がりでもした者たちの口から口へ、噂が流れたのでしょう。先方の若殿様は桃姫様に夜尿の癖があってもかまわない、とおっしゃっておられるのです。ですが」

またため息をつきかけた相手に、

「桃姫様はそれでもお嫌だとおっしゃるのですね」

桂助は言い当てた。

「ええ、そうなのです。今度は歯の病いを持ち出してきておられます」

堀口は浮かない顔でうなずいた。そこで、

「桃姫様の夜尿はどなたかが治療をされてきたのですか」

と桂助が聞くと、これには首を振って、

「奥医師による治療は幼い子どもの頃まででございました。何せ――、年頃になられて、嫌がる姫に無理やりというわけには――。いつしかわたしどもは、治らぬものと諦めていたのです」

といった。

四

さらに萩島藩の江戸家老は、

「ところで小便組というものをご存じであろうか」

と桂助に聞いてきた。

「ええ」

桂助は短く答えた。

巷で噂になっている小便組とは、女子による詐欺である。大店の主など金のある好色漢が標的で、見目形のいい女たちが妾を志願して、相応の支度金を受け取った後、いざ床入りになると、その場で盛大に小便を漏らす。当時、夜尿症の女は忌み嫌われていたから、困惑した好色漢たちはその女たちに暇を取らせる。

女を妾に囲うのも、囲いかけた女が夜尿症なのも、あまり体裁のいいものではない。そこで、ほとんどの場合、こうした事実は表沙汰にされず、支度金は返されないままとなった。女たちが小便を漏らすのは、もちろんわざとであった。

「桃姫様の夜尿も真ではないのかもしれません」

江戸家老の堀口は苦い口調でいった。そして、

「そうなると、姫様は長きに渡って、わたしどもだけではなく、殿様や奥方様まで欺いておいでだったことになります。徳川の世の常で、幕府の御沙汰が縁組みに下れば、これを断るわけにはまいりませぬ。たとえ夜尿の癖があっても、決められた相手に嫁がねばならず、嫁いだ先で呆れられ、恥辱にまみれて捨て置かれても、もはや救うことなどできません。そのようなことがあっては、姫様が哀れにすぎると、殿様、奥方様は、幕府の御沙汰が当家に下らないよう、どれほど御老中方に届け物をされてきたことか——。家臣として、これほど情けないことが他にございましょうか」

目に涙さえためて嘆き、

「ですからこのたびは何としても、そこもとに口の中のお診たてをお願いしたいのです。歯の病いなどないとたしかにわかれば、この堀口、桃姫様に大名のご息女としての道をお教えしなければなりません。お家安泰のためにも嫁いでいただくのです。もとより、わが身を挺する覚悟でおります」

といった。

「わかりました。まいって、口中をお診たていたしましょう」

桂助は相手の熱意に打たれ、大きくうなずいた。

それから三日ほどして、桂助と鋼次は御殿山近くにある萩島藩の江戸屋敷へと向かった。呉服屋の若旦那と手代というなりをしているので、肝心の薬箱は反物の入った葛籠の中に潜ませてあった。屋号が入った葛籠は藤屋の丁稚が背負っている。手代の役割で従っている鋼次は、品川宿に入ると、ざわざわとにぎやかな旅籠の様子に目を奪われつつ、

──馬鹿姫の機嫌取りに行くなんて、気が乗らねえが、桂さんのためだ。人を疑うことを知らねえ桂さんは、忠義面の家老にほだされてるみてえだが、油断はできねえ──

気持ちを引き締めた。

品川宿を抜けると藩邸はもう目と鼻の先であった。

藩邸では堀口三郎太が待っていた。案内された部屋で挨拶が終わると、この堀口は、

「ほんとうによくおいでくださった」

にこやかだが疲れた顔でねぎらいの言葉を口にした。この後、茶菓の振る舞いがあったが、鋼次は手をつけず、

──桂さん、大丈夫なのかよ──

涼しい顔で茶を啜っている桂助を案じた。

——大名屋敷は大奥よりわかんねえとこだって、志保さんがいってたぜ——

志保の従姉は大奥に上がったことがあったので、大奥についてはあれこれ話が聞けたが、大名屋敷となると知る者はいなかった。わかっているのは、幕府に知られたくない事情が厳重に隠蔽されている、秘密の館であるということだけであった。

「早速、桃姫様までお会いいただくことにいたそう」

立って廊下まで歩みかけて、

「これは申しておいた方がよかろう」

独り言のようにいって、

「桃姫様はこのところ、ご自分を菊姫とおっしゃっておられる。それというのは——」

いいかけて止め、

「心しておくように」

とだけ言い添えた。

——何だ、これは。やれやれ、もうはなっからおかしな様子じゃねえかよ——

鋼次は心の中でぼやいた。

廊下は堀口が先にたって歩き、桂助、鋼次が従い、その後を奥女中二人が丁稚から葛籠を引き継いで運んできている。大藩である萩島藩の江戸屋敷は広大で、桃姫は渡り廊下の先の離れた場所に居住しているようだった。

「離れは〝夜尿の身を恥じるゆえ、人目にたちたくない〟と、もうずっと前に姫様がおっしゃって、奥方様が聞き届けられてお造りいたしました。以来、桃姫様の身のまわりのお世話は、姫様自らがお選びになった者たちだけで承っている」

堀口はいい、桃姫の夜尿が偽りかもしれない、と桂助から聞いている鋼次は、

――なるほど。これじゃ、たとえ姫様が小便組まがいでも、誰も尻尾はつかめねえよな――

桃姫は馬鹿ではない、悪知恵が働くと感心した。

姫の部屋の前に立った家老が、入ってもいいかと声をかけると、

「堀口か、よい、入りなさい」

細い、やや甘えた声で促された。

上座に座っている桃姫の姿があった。

美貌の姫であった。可憐さと華やかさを兼ね備えている、濃い桃の花を思わせた。

会ったことも見たこともない女だと鋼次は一目見て感じた。冷たいという印象はないのだが、同じ生身の人間とは思いがたい。鋼次の年頃なら美しい女を見ると、

なにがしか心は動くものなのだが、それもなくて、ふと、

――ようはこれが身分の違いってえやつなんだろうな――

と思った。

　桃姫のそばには、お気に入りの奥女中が控えていた。堀口が桂助たちを、

「姫様、お待ちかねの藤屋がまいりました」

といって取り持ち、桂助が、

「藤屋桂助にございます」

　下座に座って深々と頭を垂(た)れ、後ろの鋼次は黙って桂助に従った。

　桃姫は、

「それは楽しみなこと」

　からりと無邪気に笑い、

「そなたたちは、とびきりよいもの、きれいなものを見せてくれるそうな。胸を躍(おど)らせて待っておりました。わらわは着物が好きでならないのです。それからこの者は美沙(みさ)と申す町方(まちかた)の者、わらわと一緒に反物を選ぶよう、いいおいてあります」

といい、美沙には、

「そなた、とびきりの品を選んで仕立て、妹思いの兄者(あにじゃ)に喜んでもらうのですよ」

諭(さと)すようにいった。

美沙は細く小柄で華奢（きゃしゃ）な娘である。整った顔立ちながら、桃姫とは対照的にさびしげな印象であった。

その美沙は、青ざめて、

「姫様、何をおっしゃいます。そんなわたしまで反物を――」

急に険（けわ）しくなった堀口の視線を避けるようにうなだれた。すると不機嫌になった桃姫は、

「そなたこそ、何をいう。さっきはいいといったではないか」

と責め立て、美沙は消え入るような声で、

「先ほどは見せていただくだけなら、と申したのです。どうかお許しを」

といいつつ、座ったまま退（しりぞ）いて部屋の障子に手をかけた。その背に、

「許しません、これはわらわの命（めい）です」

桃姫の厳しい声が降りかかると、振り返った美沙は、

「お許しください、お願いでございます」

今度は赤い泣き顔になった。見ていた鋼次は美沙がかわいそうになって、

――姫様のご機嫌を取ったら、御家老に睨（にら）まれる、こりゃあ、骨の折れる仕事だぜ――

堀口は美沙に下がるように目で知らせると、

「姫様、お付きの者をあまりいじめてはなりませんよ」

と桃姫に笑いながらいった。

桃姫はつんとして、

「わらわはいじめてなどおりません。日頃世話になっている者に、着物の一枚ぐらいつかわしてもと思っただけのことです」

堀口がこほんと咳をして、

「世話になっているとおっしゃいましたが、美沙は兄の菊吾ともども、まだここへ来て一年ほどのはず。お庭の菊もまた増えているようですし、目に余る贔屓はよくありません」

と言いきると、

「はて、いつのまにそなた、この姫にそのようなさしでがましい物言いをするようになったのです。母上はご存じのことなのかと気にかかります」

畳みかけるように言い返すと、ふんと鼻をならして、

「もう、よいわ」

と呟いて、

「うるさい堀口はもう下がってよい」

堀口三郎太を追い払った。

五

その後、桃姫は、

「ああ、せいせいした」

といい、

「早う反物を並べよ」

桂助に向かって顎をしゃくった。

「はい、ただ今」

かしこまって答えた桂助は、長右衛門が選んだ、目にも美しい最上級の反物を畳の上に並べはじめた。桂助には総柄のものと、大きな絵柄のあるものとの区別がつくらしく、大きな絵柄のあるものについては、絵柄が見えるところまで、両手で反物を巻き上げていく。実家の稼業だけあって手つきは悪くなかった。鋼次は桂助に反物を渡す手伝いをしている。

その鋼次は、目を反物に向けて伏したまま、ちらりと桃姫を見て、

――見た目は思ってたよりずっときれいだが、わがままは半端じゃねえ。これじゃ、銭に困って悪さをする小便組の女たちの方が、いくぶんましかもしれねえ――

ほどなく部屋が反物で埋め尽くされた。さまざまな柄ゆきにじっと目を凝らしていた桃姫は、

「江戸菊の模様が見当たらぬではないか」

といった。

桂助は、

「菊の模様ならこれにございます」

藍色の綸子地の上に菊と熨斗を配したものを取り上げて、桃姫に差し出した。菊と熨斗の組み合わせは、高貴で雅なものとされている。

「これは父の藤屋長右衛門が、ことの外よい品だと申していたものです」

受け取って見つめていた桃姫は、

「たしかによいものではあろう。だが江戸菊ではない」

そっけなく、菊と熨斗の反物を畳に置いた。そして、

「他にこれぞというものはないのか」

「菊ではございませんが」

季節柄ではないので、控えて見せていなかった、雛人形と桃の花、貝が描かれている友禅染めの反物を広げた。これにはえもいわれぬ可愛らしさがありながら、犯しがたい気品も備わっていた。

「桃姫様は桃の節句にお生まれになったとうかがっております。季節柄でお気に召すものがなかったら、お見せするようにと、父から申しつかってまいりました」

桂助のこの言葉を聞いているのか、いないのか、桃姫はしばらく見入って、

「これはよいもの。是非美沙につかわしたい。美沙はわらわと同じ桃の節句の生まれと聞いておる。取り置くように」

といってから、

「なにゆえ江戸一といわれる藤屋に、江戸菊の模様がないのか」

桂助を見据えた。

江戸菊は〝狂い菊〟ともいわれた。一つの花に百枚から二百枚の花弁がつき、開花が進むにつれて花の形が美しく奔放に、しかし崩れていくとも見えて変化していくのでこの別名がついた。上品とは言い難かったが、庶民的で粋そのものの菊であった。

藤屋では流行柄のこの江戸菊柄を扱ってはいた。だが主長右衛門の考えで、身分のある武家には勧めなかった。〝狂い菊〟と聞くと、貞節や節操を重んじる武家では嫌がったからである。

迷うことなく、桂助はこの事実を告げなかった。江戸菊の模様があるといえば、桃姫は早急それを見たいというにちがいなかった。桃姫が江戸菊柄を着るのは自由

だが、こちらは父や堀口三郎太と揉めることになる。これだけは避けねばならないと桂助は考えた。それに使命は口中を診ることであって、呉服屋は仮の姿なのだから——。

そこで、

「あいにく、手前どもに、江戸菊の絵柄はございません。どうしてもとおっしゃるなら、時はかかりますが、お作りいたしましょう」

といって時間を稼ぐことにした。

「そうか、そうか」

桃姫は喜んで、子どものような笑顔を見せた。

「その前に一つお聞かせくださいませんか。どうして、桃姫様は江戸菊などという、市中の菊がお好みなのですか。うかがっておいた方が、よい絵柄ができるのではないかと思いまして——」

すると桃姫は間髪入れず、きりきりと歯を嚙んで、不機嫌そのものとなり、

「聞いておらぬのか。わらわはもはや桃姫ではない、菊姫である」

と言い放った。

成り行きを見ていた鋼次は、

——桂さん、相当てこずってるな。菊姫になったてえのは、御家老から念を押さ

れてたじゃねえか。常なら、俺でも忘れていねえようなこと、桂さんがうっかりするはずがねえ――

はらはらした。

一方、少しも動じない桂助は

「では、そのようにお名前を変えられたいわれをお教えください」

とまずは聞き、さらに、

「ご両親からいただいたお名前を変えるなど、並々ならぬ御決意と察せられます。ですから、そのお話を是非、お聞かせ願いたいと思っているのです」

相手を促した。

――また、怒るぜ――

頭を垂れたままの鋼次は上目使いに桃姫を窺った。ところが、

「そこまで申すなら話して聞かそう」

なぜか桃姫は機嫌がよくなった。そして、ほんのりと頰を染めているのも気づかずに、菊吾や美沙と出会った話をはじめた。

「前の年の今頃、〝菊見見物近道独案内〟というものと町娘の着物や帯を、出入りの者から手に入れた。町方の菊見はたいそうなものだと聞いていたから、いつかこの目で見たいものだと思っていた。それで、堀口の目を盗み、二、三の伴の者を連

れて屋敷を抜け出した。ところが、巣鴨はたいへんな人出で、伴の者とはぐれてしまい、卑しき風体の者たちに取り囲まれて難儀しているところを、通りかかった菊職人が助けてくれたのじゃ。職人の名は菊吾といった」

そこで桃姫は目を潤ませて、

「伴の者たちもわらわと同じ難儀に遭っていたそうな。市中は面白いところだが、いいがかりをつけてくる、卑しき風体の者どもが多いところと見える。いいがかりをつけられて難儀していた伴の者たちを、助けてくれたのが美沙であった。後で美沙が菊吾の妹だと聞いた。母上様は〝偶然には、悪しきものと良きものとがある〟と日頃から仰せだが、これぞまことに良き偶然だとわらわは思った。それゆえ、二人を屋敷にて勤めさせることに決めたのじゃ。菊吾と美沙は親の顔を知らないみなしごで、菊吾は年の離れた幼い美沙を庇って、たいへんな苦労をしてきたと申した。妹思いのよい兄ではないか――」

聞いていた鋼次は、

――こりゃ、驚いた。姫様と菊職人との恋かよ。それで妹思いの兄貴のために、妹に着物を買ってやりたいって。可愛い女心ってえやつだろうが、兄妹が姫とお伴をそれぞれ助けたってえのは、ちいと偶然がすぎる話じゃねえのかい――

意外な展開に興味津々となった。

桂助は、

「江戸菊は菊吾という者がお勧めの菊なのでございましょう」

と聞いた。

桃姫がうなずくと、

「絵柄のために、是非お見せいただきたいのです」

頭を下げて乞(こ)うた。

「それほど申すのであらば」

といいつつ桃姫はうれしそうで、

「こちらへまいられよ」

すっと立ち、打ち掛けを滑らせて廊下を歩きはじめた。二人は後に従っていく。

外には離れの庭が見えていたが、ほどなく黄色、白、紫、緋色(ひいろ)、橙(だいだい)、薄桃色などの鮮やかな色が目に入り、菊特有のゆかしい芳香が流れてきた。

菊吾は池の縁にしゃがみこんで、菊の手入れをしていた。桃姫の姿に気がつくと、まずは立ち上がって頭を下げ、近づいてきて、廊下の姫を見上げる位置にかしこまった。

「また堀口か」

桃姫は舌打ちして、

「堀口はつまらぬ厚物や、手間ばかりかかる懸崖仕立てを、おまえに造らせようとする。さぞや、辛いであろう」

厚物というのは代表的な大菊の種で、ふっくらと典雅で端正な花を咲かせる。誰もが愛でずにはいられない菊であった。また、小菊を使った懸崖仕立ては、当時、池のある庭では、池のへりにぐるりと造られることが多かった。

「とんでもございません」

締めた鉢巻きが清々しい印象の菊職人が、やっと顔を上げた。

「御家老様のご命令が辛いと思ったことなど、あろうはずもございません。ただわたしが好きな江戸菊を、姫様も好いてくださっておりますので、もっとたくさん育てて、お見せしたいものだと思っているだけでございます」

「おまえの江戸菊、ここへ」

「はい」

桃姫に命じられて菊吾は立ち上がり、群生している菊の中に入って戻ってくると、

「これを」

うやうやしく差し出した。

「黄色は江戸黄八丈、紅色は江戸絵巻、薄桃色は多摩の桜にございます」

「美しいの――」

桃姫は見惚れていたが、鋼次は心の中で頭をかしげた。江戸菊には厚物ほど親しんではいなかったが、それでも見たことはあり、

――なのにこいつは、見たことがあるような、ねえような、どっかおかしいような――

そして、とうとう、

――わかった。この江戸菊は形がきまってねえんだ。江戸菊は乱れた形が女の寝姿に似てるっていわれるが、ただ乱れてるだけじゃ、いけねえんだ。美人の寝姿でなきゃ、さまになんねえ。これじゃ、どうしようもねえ、あばずれの寝姿じゃねえかよ――

さらに、

――ってえことは、こいつの職人の腕も知れたもんだぜ――

菊吾は男前で役者のように白く整った顔立ちをしていたが、笑うと目に卑しさ、あざとさが滲み、身も心も崩れた印象になった。まるで、出来損ないの江戸菊のように――。

六

鋼次はさらに、

――こんなやつに惚れたら、骨の髄までしゃぶり尽くされるのがおちだぜ。美沙ってえのともほんとに兄妹なのか、わかったもんじゃねえ――

と案じたが、桃姫の方はきらきらした、恋する女の目で菊吾を見つめている。菊吾も一心を装って桃姫の目を見返している。家老の堀口がこの場を見たら、〝無礼者〟といって菊吾を成敗しかねない様子であった。

そこへ美沙が廊下を進んで、

「菊姫様」

と声をかけると、めくるめく白昼夢を楽しんでいた桃姫は、

「何であろう」

相手が美沙とはいえ、不機嫌な声になった。

「友昭様から御文と御品が届いております。御家老様から、すぐにお目を通されるようにとのおいいつけでございました」

「またか」

桃姫はさらに不機嫌になった。

「あの――」

美沙はさっきのこともあって、びくびくしている。いらいらしている姫は、

「まだ何か、いらぬことを堀口は申しているのか」

言葉を投げ出し、

「御家老様は、姫様が御文と御品にお目を通されたら、知らせてほしいとおっしゃっておいでです。大切なお話があるとのことでございました」

と美沙がいうと、

「どうして堀口は、家臣の分際でこうまでさしでがましいのであろう」

悪態をついた。

「御家老様には深いお考えあってのことでございましょう。どうか、菊姫様、御家老様といさかいなどなさらず、奥へおいでくださいませ。わたしはここで、ただただ菊姫様だけを想い、菊の世話をしております」

なだめたのは菊吾だったが、その目は口先とはうらはらに狡猾な光を放っていた。だが気がつかない桃姫は、

「わかりました。菊吾、おまえは真の忠義者ですね」

などといって目を潤ませ、また打ち掛けをすべらせて部屋へと向かった。そし

て、従って戻った二人が、広げた反物を畳みはじめると、桃姫は、

「そなたたち町方の者は誰を好いてもいいと聞きました。羨ましい。わらわのこの苦しい胸の内、どうか聞いてたもれ――」

といって二人の手を止めさせた。

桃姫の話は、是非奥方にと望んでくれている、古手川藩の嫡子友昭の容姿についての不満だった。菊吾と比べてあまりに劣るといい、先方から届けられた、絵師が描いた絵姿を見せてくれた。

たしかに桃姫のいう通り、描かれている次期藩主は、やや薄めの髷と子どものように貧相な身体つきをしていた。これでも我慢できないが、こうした絵は贔屓目に描くとされているので、実物はもっと劣るにちがいないと桃姫は落胆していた。

その桃姫は友昭からの文を自分では読もうとせず、桂助に声を出して読むよう命じた。

読み終わった桂助は、

「とはいえ、篤実でありながら賢くもあられる。御人物は申し分ないようにお見受けいたしますが」

感服し、さらに、

「何より姫様を強く想うお気持ちがあふれておいでです。それに――」

といって口ごもったので、鋼次は、

――いくら桂さんでも、相手が書いてねえ、寝小便の話はいけねえよな――

心の中でくすりと笑い、

――けど、ほんとは、寝小便の癖があるってえ噂があっても、いいってえほど相手は惚れてんだろ。だったら何よりじゃねえか。女冥利に尽きるたあ、こういうことだぜ――

一方の桂助は、

「何より姫様のお身体を、病まれている歯のことを案じておられます」

といって、文に添えられていた桃の枝を取り上げ、

「桃の枝を噛むと歯の病いがよくなる、という言い伝えはたしかにあるようです。これを聞いた友昭様は、桃姫様の御名にちなんだ桃の枝なら、きっとよく効くだろうと思いつめられ、少しでも歯がよくなるようにと、自らお庭に出られて桃の枝を手折られた、と御文に書かれていました。一途なお優しいお気持ちが伝わってまいります」

といい、

「ところで友昭様の御文には、歯という歯が悪いと聞いている、とございましたが、そんなにお悪いのでございますか」

桃姫の顔をじっと見つめた。

「悪くないこともないが」

一瞬桃姫は戸惑（とまど）った。

すると桂助は、

「お顔が腫（は）れておられるようにお見受けいたしますが、大事ありませんか」

と聞いた。

桃姫はぎょっとして両手で頬を確かめ、

「顔などどこも腫れておらぬはず」

桂助を睨（にら）みつけた。

その桂助は、

「幼なじみに口中医がおりまして、いろいろと診たてを教わりました。何でも頬が腫れているのは、口中のどこかが悪い証とか——。わずかではございますが、桃姫様の右の頬が腫れています。右の奥歯がお痛みではありませんか。口中医におかかりになった方がよろしいかと思います」

といい、

「たしかにこのところ右の奥歯が痛む。けれども、口中医に診たてさせるほどのものではない。大事ない、大事ない」

桃姫が頑固に首を振ると、

「口中医がおごとなら、診たてを教わった手前に、こっそり診せていただくというわけにはまいりませぬか。痛みを止める術も教わっておりますゆえ」

声をひそめてもちかけた。

実は疼く痛みに耐えかねていて、心が動いた様子の桃姫は、

「堀口に内密にするというのであらば」

とうとう桂助の前で口を開いた。

桃姫の虫歯は多くはなかったが、悪くなっている歯のうち化膿しかけているものがあった。疼く痛みが続いているのはそのせいなのだった。

「とにかく痛みを止めてほしい」

必死に訴える桃姫に、桂助は、とりあえず、乾した生姜と雄黄を粉にしたものを痛む虫歯の穴に詰めた。しばらくは痛みが和らぐはずであった。

桂助が、

「これで治癒したわけではございません。幼なじみが申しますには、痛みが止まったところで、次には膿を出し、最後は歯抜きをしないと命にかかわることもあるそうです。明日またまいらせていただきとうございます」

といって治療を終えようとすると、

「そなた、慣れた手並み、呉服屋というのは偽りであろう」

と桃姫は憤怒に燃える目で睨みつけて、

「おおかた堀口にさし向けられた口中医であろうが、たくらみ通りにはいかぬぞ。今はもう痛んではおらぬ。堀口には、わらわの歯は悪いが口中医は不要と伝えよ。わかったな」

叫ぶようにいい、反物をまとめて部屋を出て行く際、桂助は、

「なれど桃姫様、歯はまた必ず痛みます。どうかお治しになってください」

なおも諭したが、

「くどい。それにわらわは桃姫ではない。菊姫であるぞ」

とりつくしまがなかった。

この後、桂助たちは待っていた御家老に、ことの次第を報告して屋敷を辞した。桂助は、命取りになりかねない症状を説明し、

「くれぐれも桃姫様の歯のことはお心くばりなさってくださいますよう。何とかお家の口中医に診ていただくよう、早急に桃姫様をご説得ください」

といった。

一方堀口は桃姫の口中の虫歯の数を聞き、数えるほどであったことに安堵して、

「これぞ姫様の嘘の証ですぞ。殿様、奥方様にもお話しできるというもの。友昭様

とのご縁組みを進めることもできます。藤屋殿、難儀（なんぎ）なお役目、ご苦労でござった。この通り礼を申す」

深々と頭を下げた。

帰路、桂助はいつになく沈み込んでいた。それで鋼次は、

「どうしたんだよ、桂さん、元気だしなよ。お役目は無事すんだし、もうあんなわがまま姫の機嫌をとることもないんだ。せいせいしたもんじゃないか」

しかし、桂助は答えようとはせず、黙ったままであった。いった方の鋼次も自分が出した言葉のようには、気が晴れていない。美沙の方はわからないが、菊吾のような男をそばにおいていたら、いずれ桃姫の身に不運なことが起きそうに思えた。

「桃姫様の今後を案じてるのかい。たしかに菊吾ってえやつは、誰が見ても女たらしの相をしてやがったからな」

そこではじめて桂助は、

「そうでしたね、それもありましたっけ。ただわたしは歯の方を先に案じました。あのまま放っておくと、ほんとうに取り返しのつかないことが起きるのですよ」

といった。

七

何日かして、桂助は父長右衛門に呼ばれた。よほどさしせまった用件なのか、伊兵衛と駕籠が迎えにきた。藤屋に着くと、伊兵衛が耳元で、

「実は奥に萩島様の御家老様がおみえになっておられます」

と囁いた。

長右衛門と向かい合っていた堀口三郎太は少し見ない間に白髪が増え、あまり寝ていない証拠に目が赤く、げっそりとした表情で、

「先生」

座敷に入っていった桂助に、すがりつくような視線を投げてきた。

「どうされました」

驚いた桂助が聞くと、

「桃姫様が出奔されました。菊職人の菊吾と連れだっていなくなられたのです。八方手を尽くしましたが見つかりません」

と一気にいってから、

「美沙の話では、桃姫様はまた歯が痛みはじめていたそうです。その折、先生が治

療に使われた薬は痛みによく効いたので、何としてもその薬をほしいといっておられたと――」

「それでわたしのところにみえられるかもしれないと、お考えになったのですね」

「まずは藤屋に立ち寄り、先生の居所を聞くのではと思いました」

聞いていた長右衛門は、むずかしい顔で、

「今もお話し申しあげたのだが、桂助の〈いしゃ・は・くち〉の場所を知りたい、などというお客様は、一人もみえていないのだよ」

桂助の方を向いていった。

一方、堀口は、

「桃姫様は出奔の際、かなりの額の金子（きんす）を持ち出されているのです。戻らなければ、また商人に借財を重ね、藩政の赤字を増やすことになります。何としても桃姫様をご無事に、そして金子も取り戻したい。どうか、姫様が立ち寄るようなことがあったら、速やかにわたしどもにお知らせくださいますよう」

と念を押した。

〈いしゃ・は・くち〉へ帰った桂助がこの話をすると、

「桃姫はここにはこねえだろう。来たくてもこれねえな。あの菊吾みてえな男は、可愛いのは自分だけで、女は金蔓（かねづる）としか見ちゃあいねえもんだ。女が歯の痛みで苦しんでたって、同情なんてするもんか。金を持って一緒に逃げたとなりゃ、なおさらだ」

鋼次はいった。志保は、

「桃姫様は放り出されてしまわれるわけね」

「放り出してくれるならまだいいが――」

そこで鋼次が言いよどむと、

「膿みかけていたむしばが案じられます」

桂助はいてもたってもいられない様子になっていた。

「けど、元を正せばあのわがまま姫の自業自得じゃねえかよ」

呟いた鋼次に、

「人の命の問題に自業自得はないでしょう」

めずらしく桂助の目が怒り、荒い口調になっていた。この二人の間にはついぞないことだったが、気まずい沈黙が流れかけ、気がついた志保は、

「わたしも御家老様が桃姫様のご無事ではなく、持ち出したお金のことばかり気にしておられるのは、ひどいんじゃないかと思っています」

とまずいって、二人がうなずくのを見極めると、さらに、

「一度桂助さんにお聞きしたいと思っていたことがあるんです。どうして、桂助さ

ん、悪くなったむしばの治療に熱心なのですか。桂助さんほど、むしばで命を落とすかもしれないってことを、いつもいつも肝に銘じてる口中医、この江戸にはいないんじゃないかしら。父の話では、口中科は人の生き死にとかかわらないから――」

桂助に聞いた。

「とかく口中が軽んじられるのは、歯や口の病いが源で命が奪われても、そうだとわからないことが多いからです。わたしが長崎時代、とうとう救えなかった大事な人もそうでした。化膿したむしばの毒が歯の根から全身にまわって、最後は心の臓を止めたのです。その時からわたしは一人でも多くの人が、むしばで死ぬことなどないよう、生涯をかけてつとめようと決めました」

この桂助の言葉に、志保は、

――桂助さんにはやっぱり忘れられない人がいたんだ――

ぐさりと胸に痛みが走りかけたが、

――でも、それでもわたしは桂助さんが好き。この人の望むことなら、何でもしてあげたい――

という思いの方が先行して、

「心の臓を止めることもあるなんて、むしばはほんとうに怖いものなのね。だとしたら、桃姫様のお命も危ない。何とかして姫様をお探しして、桂助さんの治療をお受けになっていただかなければいけないわ」

鋼次に同意をもとめた。鋼次はこれで、さっきの気まずさが一挙に払拭できると、

「ま、そういうこったな」

ほっとした表情になると、

「けど、むしばで命を取られるよりも、先に菊吾ってやつの毒牙にかかっちまうことだってある。これはもたもたしてらんねえ」

勢いよく立ち上がった。

こうして桂助たちは桃姫の行方を探しはじめた。まず鋼次が巣鴨界隈の菊職人を当たったが、菊吾の名を知る者はいなかった。

そこで志保は父の道順のつてで、巣鴨界隈で開業している医者に聞いてもらった。患者の中に噂話の好きな老婆がいて、菊吾について知っていた。菊吾は菊職人の家の五男に生まれたが、生来の怠け者で辛い修業が続かず、女にもてることもあってぶらぶらと遊び暮らしていた。親に勘当された後、家を出ていってしまい、以来姿を見たことがないという。

それで鋼次はすぐ菊吾の親に会いに行ったが、

「なに、飛び出していったきりさ」

年老いた父親は迷惑げであった。

仕方なく鋼次は下っぴきをしている、幼なじみに頼みに行った。去年、巣鴨での菊見の時、桃姫とお伴の者にいいがかりをつけたごろつきたちを探すためであった。菊吾が桃姫に金を持ち出させた以上、これはほぼまちがいなく、綿密に仕組んだ計画にちがいなかった。

下っぴきは菊吾に金をもらって頼まれたというごろつきたちを突きとめ、その一人が、

「あれは、はなっから芝居だったのさ。まさか、殴られるとは思っちゃいなかったが」

といった。

美沙は菊吾の妹などではなかった。菊吾に姉妹はいなかったのである。それを知った桂助は、

「すると、まだ、美沙という人がお屋敷にいるのも計画のうちなのでしょうね」

と合点（がてん）し、日が暮れると屋敷の裏門を見張ることにした。見張り続けて三日目の夜、頭巾（ずきん）を被（かぶ）って大きな風呂敷包みを抱えた美沙が出てきた。暗い夜道に慣れているのか、すいすいと歩みを進めていった。もちろん桂助はその後をつけていく。

一方、そのころ鋼次はごろつきの知り合いの博打打ちから、菊吾の話を聞いていた。その博打打ちは、

「賽子はしょうもねえ下手の横好きだが、女に貢がせる腕だけはてえした外道さね」

菊吾をさんざんにくさした後、

「しばらく見なかったが、風の便りじゃ、寺の賭場に居座ってるってえ話を聞いたぜ。寺の名かい？　たしか善宝寺といった。そうだ、まちげえねえ」

と教えてくれた。

美沙は品川宿を抜けてさびしい町並みに入り、荒れ果てた寺の前で立ち止まった。桂助は風雨で煤けた山号額の文字を読んだ。善宝寺とあった。美沙の後をつけて寺の中へと入っていく。

廊下を歩いていくと、障子でしきられた広間があって、中は煌々と灯りが点り、賭場が開かれている様子であった。〝壺っ〟〝四六〟〝勝負っ！〟と鋭い声が聞こえている。美沙は驚いた様子もなく、そこを通り抜けると、庫裡に続く廊下を渡った。

美沙が後ろを振り向いたら終わりだが、安心しきっているのか、一度も振り向かなかった。無人の寺なのだろう、埃を被っている厨には人も火の気配もなかった。

驚いたのは庫裡の中ほどに棺桶(かんおけ)が置かれていることであった。

美沙は棺桶の木の縁に顎(あご)を載せて、

「菊姫様、冥土(めいど)の土産(みやげ)によいものをお見せいたしましょう」

風呂敷の包みを解(ほど)いて中の皿や香炉(こうろ)、掛け軸などを見せ、

「どれもたいそうお好きだったものでしょう。ですから、お心残りがないようにと持ってまいりました。あとはどうかわたしにお任せください。高く買われる方々はきっと大事になさってくださいますから、ご安心くださいね」

といい、からからと笑って、さらに、

「ねえ、菊姫様、この棺桶は一番安くて、すぐに腐ってしまうものなんだそうですよ。姫様のお身体が腐り果てて白い骨になるまで、保(も)つかどうか――。まさか、菊姫様、ご自分がこんな亡くなり方をするとは、生まれてからこの方、思ったこともございませんでしょう。こんな寺に葬(ほうむ)られては、菊姫様が眠っていることなど誰にもわからず、お殿様も大好きな奥方様も、お参りにはいらっしゃれないのですものね」

また一段高く笑った。すると棺桶の中からか細いながら、

「わらわは菊姫ではない。桃姫じゃ」

りんと響く声が聞こえた。

　しかし、美沙は笑い続け、

「ここで死んで葬られるはこの世にいない菊姫ですよ。あれほど菊姫と呼ばれたがっていたではありませんか。ですから、今、永久にお眠りになるまでの間、何度でも呼んでさしあげましょう。菊姫様、菊姫様、菊姫様――」

唱うようにいい、すらりと懐剣を抜き放って、姫の顔に突きつけ、

「歯のお痛みでさぞやお苦しいでしょう。いっそひとおもいに楽にさせてあげたいのは山々でございますが、恨みが深くてできません。菊吾はわたしの男でございますよ。たとえ姫様でも想いをかけるなどもっての外です。歯痛に苦しみ、生きながら葬られるのは、人の男に横恋慕した罰でございますよ」

　そうやって桃姫をいたぶっている美沙が、厨から離れる様子はなかった。美沙を縛り上げて、桃姫を背負って助け出すことは、やってやれぬことはないように思える。桂助も男である、そこそこの力はあった。

　だが、美沙が騒いで賭場のある部屋へと聞こえたらどうだろう。桃姫を救い出す前に殺されてしまう。そして桃姫は生きながら棺桶に入れられたまま埋められるのだ。

　桂助がどうしたものかと、思い悩み、立ちすくんでいると、

「桂さん」

小声で囁かれ肩を叩かれた。遊び人姿の鋼次であった。

桂助は驚いたが大声は出さなかった。

うなずいた鋼次は、菊吾の居場所を聞いて、遊び人を装って寺の賭場に潜り込み、囚われているにちがいない桃姫を探していたのだった。

「やるか」

「やりましょう、今です」

二人は抜き足差し足で美沙に近づいた。まず鋼次が美沙の口を押さえて背後から捉え、持っていた懐剣を叩き落とした。羽交い締めにされた美沙は足をばたばたさせて暴れた。そこで桂助は素早く当て身をくらわせた。美沙が気を失うと、鋼次は落ちていた風呂敷を拾い、さるぐつわ代わりにして噛ませた。そして桂助は棺桶の中でぐったりしている桃姫を抱き上げた。さらに鋼次は、美沙の帯揚げと帯締めを外して手足を縛ると、桃姫の代わりに棺桶に放りこんだ。後は夜目に隠れて寺を抜け出すだけであった。

こうして、歯の根が化膿し、高い熱が出て瀕死の状態だった桃姫は九死に一生を得た。

大名家の醜聞であるゆえに、いっさい表沙汰にはされなかったが、しばらくして、善宝寺の庫裡で、物乞いが女の死体を見つけた。死体はそばにあった懐剣で胸を一突きされていた。町方は、この寺が賭場やいかがわしい男女の逢い引きに使われていると承知していたので、おおかたその手の好き者の仕業と見なして終わった。

美沙を殺したのは、桃姫を逃したことを憤った菊吾の仕業と思われたが、ほどなくこの菊吾は別の賭場で八百長が発覚した際、なますのように斬られて死んだ。美沙については、持っていた懐剣にさる旗本の紋があったことから、道を踏み外した旗本の娘の末路と瓦版屋は騒いだが、その旗本の家ではその事実を認めなかった。美沙が葬られたのは無縁墓であった。

桂助は引き続いて桃姫の治療を行った。桃姫が菊吾の口車に乗って持ち出した蔵の金は、美沙が屋敷より盗んだ書画骨董などとともに戻らなかった。菊吾の博打や遊興で泡のように消えてしまっていたのである。

しかし、幸いなことに、古手川藩の友昭との縁組みは整った。桃姫を気遣う友昭の文には、蟹の甲羅でも食べることのできるほど、丈夫な歯になるようにと、手ずから蟹を描き、小絵馬を歯痛平癒祈願として、国の神社に納めさせたと書いてあった。

桃姫は人が変わった。自身の愚かさを恥じて、時折、暗い顔になり、友昭のような賢明で立派な夫に嫁ぐ自信など、どこにもないのだと桂助に洩らした。

　そこで桂助は、

「桃姫様は、藤屋の息子であるわたしを、実は口中医が本業だと見抜かれたではありませんか。ですから決して愚かではありません。友昭様が頼りにされるに十分なお方です。もっと自信をお持ちになってください」

　といい、さらに、

「わたしがお勧めした菊熨斗の打ち掛けを、嫁ぎ先にお持ちになられると聞きおよんでおります。さぞやよくお似合いだと思います」

　微笑(ほほえ)んだ。

仇(かたき)持ち

知野みさき

一

永代橋の上で、石川凜は目当ての男をじっと待った。

やがて男が、左袖をひらひらさせた片腕の男児と連れ立って橋を渡って来るのを認めると、着物の裾をまくし上げて北側の欄干に足をかける。

満月に一日早い卯月は十四日。

七ツを過ぎ、潮は引き始めたばかりだが、水面までおよそ一間半余りある。

「おい、そこの女！　よせ！」

通りすがりの者が叫んだが、凜はお構いなしに欄干の上に立ち、下に舟がないことを確かめてから一息に大川——隅田川——へ飛び込んだ。

足から落ちたが、思っていたよりも深く沈んで慌てて水をかく。

流れも速く、水面に顔を出した時には既に橋の南側にいた。

「あっ！」

急流に足を取られて、凜の身体は再び水中に引きずり込まれた。

溺れるのは「振り」だけだ。

本当に溺れちゃ元も子もない——

見上げるといくつかの舟影が水面に見える。

己に向かって泳いで来る人影も。

襷（たすき）をかけていない袖と足に絡む裾を恨みながら必死にもがき、今一度水面に顔を出すと同時に男の手が凛の襟首をつかんだ。

「助かりたいなら暴れるな」

低い声で男が囁（ささや）いた。

「それともまだ死にたいか？」

「……助けて……ください」

つぶやくように囁き返して、凛は男に身を任せた。

近付いて来た舟に引き上げられてから、凛は己を助けたのが目当ての男その者だと気付いた。

栗山千歳（くりやまちとせ）。

深川（ふかがわ）は佐賀町（さがちょう）に住む四十路（よそじ）になろうかという町医者だ。

千歳に頼まれて、船頭が舟を永代橋の東の袂（たもと）に着けた。芝居をするまでもなく、千歳にもたれたままぐったりしていると、千歳は黙って凛を背負った。

「少しうちで休んでいくといい。案ずるな。私は医者だ」

「凛と申します。どうもご迷惑を……」

「まったくだ」

呆れ声で応えたのは、舟を追って袂まで駆けて来た男児であった。

「命を粗末にしやがって」

「男に捨てられて……行くあてもなく、身寄りもいないので、つい思い詰めてしまいまして……」

「けっ、莫迦莫迦しい。あんたのせいで先生が風邪でも引いたら、どうしてくれんだよ？」

「佐助、よせ」

千歳にたしなめられて佐助は口をつぐんだが、歩きながらも凜をじろじろ睨みつけてくる。

袂の真向かいも佐賀町だが、千歳の家は同じ佐賀町でも袂から半町ほど北の下之橋を渡り、更に東に一町ほどのところにあった。

土間が広く、上がり口である広縁の向こうに診察部屋と思しき板間が見える。

佐助が近所のおかみから借りて来た着物に着替えると、凜は改めて礼を述べてからうつむき加減に切り出した。

「……浅はかでした。先生に助けていただいたこの命、もう無駄にはいたしません。ですが、身一つで追い出されたためお金も着替えも持っておりません。身の振り方が決まるまで、ここにしばらくおいていただけないでしょうか？　家事は一通りこなせますし、幾ばくかは薬種の心得もございます」

「うん？　そうなのか？」

「はい。父が医者でした。もう遠い昔のことでございますが……」

「ふうん。それならしばらし手伝ってもらおうか」

あっさりと千歳が頷いたのを見て、「先生」と佐助が非難がましい声を上げた。

「ちょっと待てよ。おれが身元を確かめて来る。お凛さんよ、あんた、どこに住んでいたんだ？」

「それはあの、浅草の……」

「浅草からわざわざ深川まで来て身を投げたってのか？　大川橋でも両国橋でもよかったじゃねぇか」

「こら、佐助」

「だって先生、おかしいよ」

「ああ、おかしいな。だがまあ、いろいろあったんだろう。思い詰めた者ってのは時に突拍子もないことをやらかすもんだ」

「けどよ」

「案ずるな。この人はそう変な人じゃなさそうだ。なぁ、お凛さん？」

千歳が己を見やってくすりとするのへ、凛は慌てて頭を下げて繰り返す。

「はあ、あの、どうも申し訳ありません。その……身の振り方が決まるまで、どうぞよしなに……」

「会ったばかりの者には――殊に男には――言いにくいこともあるだろう。訳は無理に話さずともよいから、まずは身体を休めるといい」

「あ、ありがとう存じます」

佐助が舌打ちせんばかりの顔をしたが、凛とてこうも首尾よくことが運び、いとも容易く己を受け入れた千歳に戸惑っていた。

千歳の同情を引くべく、いもしない男の人柄やありもしない己の身の上話を用意してきたが、話さずともよいのなら黙っていた方が得策だ。

でも――

千歳の申し出がただの厚意か、それとも下心ゆえか、凛にはなんとも判じ難い。

佐助も同様らしく、むっつりとして疑いの目を千歳と凛へ交互に向けた。

二

男に捨てられた、というのは嘘だが、行くあても身寄りもないのは本当である。

凛は伊勢国は津藩の武家の娘だ。

否。

武家の娘「だった」。

勘定方だった父親の忠英を早くに亡くしてから、家も役目も七歳年上の兄の忠直が継いでいたのだが、その忠直が五年前、凛が十七歳の時に毒死した。

横領を咎められての自死とされたが、実は上役であった山口成次と同輩の竹内昌幸に濡れ衣を着せられた上で毒殺されたのである。

残された凛が真相を知ったのは、忠直の死の一年後、妹の純が病で、母親の芹が心労と過労で死した後だった。

横領の咎で石川家は取り潰されて、凛たち女三人は遠い親類を請人として町の九尺二間に身を寄せた。もともと身体の弱かった純は長屋に越して一年足らずで風邪をこじらせ呆気なく逝き、息子の罪と死、慣れぬ裏長屋や内職、先の見えぬ暮らしに塞ぎ込んでいた芹に追い打ちをかけた。純の死から一月足らず、「目眩がする」と寝込んだ翌朝に、芹は掻巻の中で冷たくなっていた。

芹の野辺送りを済ませた後にようやく、凛は兄の形見の文箱に隠されていた訴状を見つけた。隠し底——といっても、底に同じ大きさの板を重ねただけ——に挟まれていたのだ。

勘定吟味役に宛てた訴状には、山口の横領とその手口が書かれていた。

兄上は殺されたのだ——

もとより兄の罪を疑っていた凜はそう直感した。

すぐさま兄に代わって吟味役へ訴え出ようと思ったものの、女の身一つでは心許ない。

まったく私は世間知らずだった……

あの頃の己を思い出す度に、凜は歯噛みせずにいられない。

山口に知られぬよう吟味役に橋渡ししてもらえぬかと、凜が訪ねたのは兄の同輩の竹内だった。

下心がなくもなかった。

竹内とは忠直の生前に幾度か顔を合わせており、「いずれ妹御を嫁にくれ」などと軽口を叩くのを聞いたことがあった。竹内に恋心はなかったが、兄、妹、母親と立て続けに家族を失い一人になった凜は、どこか竹内に期待していた。娶ってもらえずとも、今後の身の振り方を手助けしてくれるのではないかと考えた。

が、これは大きな過ちだった。

竹内こそが、忠直に濡れ衣を着せようと山口に進言した者だったのだ。

——くれぐれも内密にことを運ばねばならぬ——

そう諭して、竹内は町外れの旅籠に凜を呼び出した。

竹内に言われた通りに訴状を持って旅籠を訪れた凜は、「吟味役を待つ間」に慣れぬ酒を勧められて酔い潰された。

翌日、凜は見知らぬ旅籠・叶屋で目覚めた。

叶屋は旅籠とは名ばかりの遊女屋だった。女将にして遣り手の秀から話を聞いて、凜は己が竹内に嵌められ、犯され、叶屋に売り飛ばされたことを知った。

──騙されたんです！──

涙ながらに訴えた凜へ、秀は静かに頷いた。

──うん、そうかもしれないね。だがもう後の祭りだ。お前の言う訴状はどこにもない。お前の話を裏付けるものは、もうなんにもないんだよ。お前にあるのはこの借状だけだ。お前が何をわめこうが、証がなけりゃ誰も信じやしない──

──女郎になるくらいなら死んだ方がましです──

そう言った凜へ、秀は冷ややかな笑みを向けた。

──どうするんだい？　舌を嚙み切るかい？　首を吊るかい？　それがお武家の娘の意地だってんなら、今すぐここで死んでみな。この私がじっくり見物してやるよ。見事死んだら、見世物代としてこの借金はちゃらにしてやろう──

武家の意地、と言われて凜は思い直した。

死のうと思えばいつでも死ねる。

私が――私が仇を討ってやる！

女三人の暮らしが立ちゆかなくなり、借金を重ねてとうとう身売りすることになった――そんな風に町では片付けられたと、のちに秀が教えてくれた。

城下とはいえ、花街は吉原よりずっと野暮で低俗だ。秀曰く、「恩情」でひととき秀から直々に手ほどきを受け、凜はその日の夜から客を取らされた。

まずは苦界から抜け出さねばならぬ。

己を偽り、知りたくもなかった手練手管を学び、屈辱に耐えながら媚を売って凜は身請人を探した。幾度も自死を考えたが、その度に無念のうちに死した忠直、純、芹を思い出し、仇討ちの決意を新たにすることで思い留まった。

叶屋で春をひさぎ続けて一年余りが過ぎた頃、凜は望月要という三十代半ばの刀匠に請け出された。要は元伊賀者で、秀から凜の仇討ちの意を聞いて興を覚えたのであった。

――武士を二人も討ち取ろうというなら、それなりの支度が必要だ――

仇討ちに逸る凜を押し留め、共に山口と竹内の二人を探る間に要は武芸と医術を凜に仕込んだ。

そうして二年ほどが過ぎたある日、要は唐突に姿を消した。

置文によると、要は秘薬を貰い受けがてら、医者にして友人のもとでしばらく過ごすという。置文は初めてだったが、鉄の買付や昔の知己を訪ねて要が家を空けることは珍しくなかったため、要を案じながらも凜は一人で数日を過ごした。三日ほどして、凜は竹内が辻斬りに斬られて死したと耳にした。

要さんの仕業ではなかろうか……？

漠然とそう思いつつ、だが確かめる術もなく要の帰りを待ったが、結句、一年が過ぎても要は戻らなかった。

どこにいるのか。

生きているのか。

要の安否は気がかりだったが、いつまでも待ってはいられない。竹内は死したが、山口はまだ生きているのだ。迷いに迷った末に家財を売って、まとまった金を作ると、凜は一路江戸を目指した。忠直の死から既に五年――山口は金奉行を務めたのちに江戸定府を命じられていた。

凜には要を通じて知ったつてがいくつかあった。浅草は三間町の万屋・伊勢屋もその一つで、要の名を出すと、五十路過ぎの女将の稲はすぐさま助力を申し出てくれた。

山口が北神田にある津藩の中屋敷にいることはすぐに判ったが、仇討ちを果たすには策を練らねばならなかった。

女中として潜り込もうにも屋敷の女中は足りており、よしんばそうでなくとも、屋敷が頼む口入れ屋は凜のような身元の怪しい女は雇わない。武芸は習ったもののほんの二年で、元伊賀者の要のように屋敷に忍び込むほどの技量は凜にはなかった。他出の折を狙おうにも、町娘が武家屋敷を見張るには限りがある。

考えあぐねていた矢先に目を付けたのが千歳だった。稲曰く、千歳は伊勢国の出で、町医者でありながら中屋敷に出入りしている藩医と親しいそうで、月に二度は中屋敷を訪れているという。

急いてことを仕損じるより、間違いなくあいつを仕留めるために――

時を要するが、千歳に取り入り、いずれ伴として中屋敷に上がり込もうという魂胆で凜は此度の狂言に及んだのだった。

三

千歳と佐助との三人暮らしが始まった。

凜は診察部屋の隣りの、客間代わりの小座敷で寝起きするようになった。

二人よりも早く、毎朝六ツ前に起き出しては、広縁を挟んですぐの台所で朝餉の支度にかかる。朝餉ののちは洗濯と掃除を済ませて、日中は佐助と共に千歳の診察を手伝った。

　おととし、二親を亡くしたのちに千歳に引き取られたという佐助は、凜より十歳年下の十二歳。つるりとしたあどけない面立ちと、細く小柄な身体つきゆえに歳より少し幼く見える。初日からずっと凜への疑いを隠さぬが、親代わりの千歳の意向ゆえに渋々仕事を共にしている。

「身の振り方が決まるまでって約束だからな。さっさと口入れ屋にでも行けよ」

「そう意地悪言うな。袖振り合うも他生の縁だ。どこへゆくにしても先立つものが少しはいる。それに読み書きできるのは助かるな。どうだ佐助？　しばしでもお凜さんから読み書きを習うというのは？」

「ごめんだね」

言下に応えて、佐助はぷいっと不満げに遣いに出かけて行った。

　二年ほど千歳のもとにいるだけに、佐助も診察の手伝いを心得ている。だが、まだ子供で片腕ゆえにできることが限られている上、読み書きが不得手で、助手と呼ぶには遠く及ばない。対して凜は「父が医者」というのは嘘でも、医術は一通り要から学んでいるし、子供の頃から読み書きのみならず算術も得意だった。長身だった父親や兄に似て背丈は五尺四寸とそこらの女よりやや高く、鍛え続けてきた身体は引き締まっていて力仕事もそこそこなせる。

「なんだか仕事を取ってしまったみたいで、佐助さんには悪いことを……」

「だがまあ、そろそろあいつもなんとかせねばと思っていたんだ。今は手伝いよりも手習いに行って欲しいんだが、あいつは人見知りでな。指南所へ行くのを嫌がっておるのさ」

人見知りというよりも、片腕をからかわれるのが嫌なのだろう。佐助は「風呂嫌い」と称して、湯屋にも行かずに自室で湯で身を拭うだけである。

「片腕だと掃除洗濯はともかく炊事が危なっかしい。女中を雇うか否かと迷っていたところだったから、お凜さんがきてくれて助かった」

そう言って微笑んだ千歳に凜も微笑を返したが、本意はどうも量りかねる。

女中を雇おうとしていた矢先とはいえ、己の申し出をすぐさま受け入れたのは下心があるからだろうと推察していた。だが、佐助が他出していて二人きりの時でも千歳はそんな素振りは微塵も見せない。

顔立ちは中の上だと自負しているが、背丈がある分、凜は叶屋ではあまり人気がなかった。男の大半は己より小さくか弱い女を好むからだ。それでも何かにつけて色欲にかられるのが男という生きものだと、凜は叶屋で思い知った。ゆえに、取り入るためには夜伽も辞さないつもりでいたが、色欲のしの字も見せない千歳にはますます戸惑わずにいられない。

要さんに似ている……

顔かたちは違うが、千歳は背丈五尺七寸ほど、目方は十七貫余りと、身体つきが要に似ていた。歳も今年三十八歳と要と同い年である。

また、要も家ではけして凛を抱こうとしなかった。要が凛を抱いたのは叶屋での一夜限り――その翌日には凛を請け出したのだ。

意に染まぬ夜伽をせずに済むのはありがたいが、千歳の厚意を信じ切るにはまだ至っていない。

一方、医者としての千歳には瞠目していた。

風邪や腹痛、頭痛などありふれた病への処置や薬の処方はもちろん、脱臼は瞬く間に入れ直し、折傷や金瘡の処置も抜かりがない。殊に針さばきが見事で、痛みが少なく傷跡も目立たぬと巷では評判のようである。

千歳は始終穏やかで、腕をひけらかしたり、居丈高になったりということはなかったが、施しは一切しなかった。その日暮らしの者からも相応の薬礼を求めて、借金させてでもきっちり取り立てている。

そんなこんなで半月が過ぎた卯月末日、四十路過ぎの男が駕籠で運ばれて来た。しばらく前に古釘を誤って踏み抜いたそうで、左足が膿んで黒ずんでいる。

「こりゃ、足首から先を切るしかないな」

上下左右から傷口を眺め、即座に判じて千歳は言った。

「やっぱり……」と、肩を落としたのは付き添って来た息子の方だ。

「仕方ねぇ。まあ覚悟はしてきやした。まだ死にたくありやせんし……切るなら栗山先生がいいって仲間から勧められやして」

男は神田の彫師だという。切るしかない、と聞いて凜は同情を隠せなかったが、居職の彫師なら切り落とすのが手でなかったことは不幸中の幸いだ。

「薬礼は三両で三月分だ。三月の間は私の言うことに従ってもらう。医者として最善を尽くすが、もしもの時は恨みっこなしだ。それでもよいか？」

「へぇ。そいつも覚悟してきやした」

「よし。柊太郎は今日は道場だな。佐助、悪いがひとっ走り——」

「合点だ」

千歳に皆まで言わせず、佐助が駆け出して行く。

裏の長屋に住む清水柊太郎は、凜と同い年の浪人剣士だ。背丈も凜と同じく五尺四寸で、そこそこ整った美男と呼べる顔立ちをしている。浪人ゆえに用心棒や人足仕事を請け負って暮らしを立てているのだが、仕事のない時は深川と両国の間にある剣術道場で稽古に励んでいる。

柊太郎さんに切らせるのか……

凜が湯に桶、阿刺吉酒、手ぬぐい、包帯などを支度する間に、千歳は納戸から薬を持って来た。紫の粉は乾燥させた紫根で止血に使われるものだが、それとは別に小さな包みを凜に差し出す。

「こいつを煎じてくれ。ひと煮立ちしたらかすは濾して、更に少し煮詰めてくれ」

「これはなんのお薬ですか？」

「痛み止めだ」

言われた通りに薬を煎じ、煮詰めたものを患者に飲ませて半刻ほどして、佐助が柊太郎を連れて来た。

「やあ、お凜さん」

「こんにちは」

愛嬌たっぷりの柊太郎に、凜はにこりともせずに短く応えた。

「相変わらず堅ぇなぁ」

柊太郎は苦笑を漏らしたが、花街を出た今、無駄に愛嬌を振りまくことはない。

「柊太郎、手伝ってくれ」

「あいよ」

柊太郎が腰にしているのは脇差しのみだが、その脇差しを外して千歳に放る。それから千歳と共に患者を土間に移すと、「あんたは見ねぇ方がいい」と、息子に診察部屋へ行くよう促した。

「お凜さんもあっちへ行きなよ」

佐助が診察部屋を指差すのへ、凜は小さく首を振った。

「いえ。血止めは早い方がよいですから、ここでお手伝いいたします」

千歳が患者の足を縛る間に、柊太郎が猿轡をかませて押さえつける。

支度が整うと、千歳は脇差しを抜いて微笑んだ。

「うん。ちゃんと手入れしてあるな」

「たりめぇさ」

まさか、先生が――?

凜が問いかける前に、千歳が脇差しを一閃し、なんなく患者の足首から先を切り落とした。

千歳や佐助と共に、凜は急ぎ止血にあたった。

猿轡をしていても患者は叫び、呻き、身体をよじったが、痛み止めが効いているのか凜が想像していたよりずっとましだ。

一通り止血を終えて患者を診察部屋に移してしまうと、患者は千歳と佐助に任せて、凜は土間を片付け始めた。

切り離された足の汚れを拭って端布に包んでいると、土間に下りて来た柊太郎がくすりとして言った。

「あんた、思ったより肝が座ってんだな。あんなとこを見てもまるで動じねぇたぁ恐れ入ったぜ」

「父が医者でしたから」

千歳についた嘘を柊太郎にも繰り返す。

あのように刀で斬られた者を見たのは初めてだったが、ちょっとした刃傷沙汰なら叶屋でも幾度かあった。客に孕まされた上に、無理な出産で下肢を血まみれにして死した女郎も見たことがある。

「ふうん……」

「栗山先生は剣術も心得ていらしたんですね」

「まぁな。あの脇差しも、もとは先生がくれたもんだ」

「もしや、佐助さんの腕も先生が？」

「ああ」

二年前、佐助は火事で二親を亡くし、自身も崩れた家の下敷きになったそうである。声を聞きつけ千歳は瓦礫を押しのけたが、左腕は梁に挟まれて抜けなかった。

「火が迫ってて辺りはもぬけの殻だし、梁にも火が移ってて一人じゃどうにも動かせねぇってんで、腕を落とさざるを得なかったんだと」

外科――殊に金瘡医として江戸では既に知られていた千歳だが、佐助を助けたことで更に名を上げたらしい。

夕餉（ゆうげ）の席で、凛は千歳に「痛み止め」について問うてみた。

「ああ、あれは曼陀羅華（まんだらげ）と鳥兜（とりかぶと）――それから当帰（とうき）やら白芷（びゃくし）やら川芎（せんきゅう）やらさ」

「曼陀羅華に鳥兜？　毒ではありませんか」

曼陀羅華は「気違い茄子（なす）」とも呼ばれ、食すと目眩や幻覚、悪寒（おかん）に襲われる。鳥兜の根は生薬（しょうやく）にもなるが、毒として用いられることもしばしばだ。

「秘伝の調合だ。毒も使いようによっちゃ薬になる。逆もしかりだ」

面白そうに微笑む千歳を見て、凛はやはり要を思い出した。

要さんも似たようなことを言っていた……

凛の薬種の知識は付け焼き刃の浅いものだ。毒を薬として用いるにはまだ早く危ういと要は判じていたようで、詳しく習っていなかった。

もしや先生も要さんと同じく、かつては忍（しのび）だったのだろうか……？

「まだまだ知らぬ、至らぬことが多くてすみません」

「何も謝ることはない。あれを見て目を回さなかっただけでもありがたいよ。薬はおいおい学べばいいさ」

「はい。どうかよろしくご指南くださいませ」

「待てよ、先生。身の振り方が決まるまでって約束だろ？」

むっとした佐助にも千歳は微笑んだ。

「だが、お凜さんが家のことをしてくれる分、お前も助かっているじゃないか」

「それは……」

「だからいっそ、お凜さんをうちで雇うってのはどうだ？」

「冗談じゃねぇや。こんな得体のしれねぇ女……ああでも、柊太郎はお凜さんが気に入ったみてぇだったな。そうだ、お凜さん。あんた、柊太郎の嫁になんなよ。そんで裏から通うといいや。ねぇ、先生？」

凜と一つ屋根の下で寝起きするのが、よほど厭わしいらしい。

「そうだな。あいつもそんな年頃か。しかし、お凜さんの方はどうだい？」

「──冗談じゃありません」

にべもなく凜が応えると、まずは千歳が、それから佐助まで笑い出した。

四

佐助が言った通り、柊太郎は凜が気に入ったようだ。

あれから毎日訪ねて来ては、冗談交じりに凛に誘いをかけてくるようになった。

「なぁ、気晴らしに八幡(はちまん)さまにでも行かねぇか？」

「居候(いそうろう)の身で気晴らしなどとんでもありません」

「お凛さんのために、両国で評判の菓子を買って来たぜ」

「ありがとうございます。のちほど先生と佐助さんと一緒にいただきます」

都度(つど)すげなくしているのだが、気を悪くするどころか「面白ぇなぁ」と柊太郎は愉(たの)しげだ。

まずまずの美男ゆえに想いを寄せる女もいるらしい。だが柊太郎はどちらかというと童顔で凛より若く見えるし、背丈が同じなこともあって男としてはどうも物足りない。また、凛の目的は仇討ちであり、何より竹内の仕打ちや叶屋での女郎暮らしから、やむを得ない場合を除いて男にかかわるつもりはなかった。

足の切断に動じなかったこともそうだが、凛の知識や武家の娘として身につけていた礼儀正しい所作(しょさ)や言葉遣いが千歳の御眼鏡(おめがね)に適(かな)ったようだ。更に半月が過ぎ、皐月(さつき)も半ばになった頃には武家への往診の助手を頼まれるようになった。

佐助は不満を隠さなかったが、もとより佐助が同行していたのは町家への往診のみで、武家には千歳が一人で行っていたという。

「どうせ、おれはこんなだし……」

片腕という見た目に加え、己には武家に出入りする品位が備わっていないと自覚しているようである。千歳への敬愛の情が深いのは傍からでも充分見て取れるため、凜は何やら気の毒に思わぬでもない。

「佐助さんももう幾年かしたら、私より力持ちになるでしょう。その前に髷を結ってみてはどうでしょう？　今度、私と一緒に髪結に行きませんか？」

「うるせぇ。余計なお世話だ」

髪結も嫌っているのか、面倒なのか、総髪を後ろで引っくくっただけである。本当は着物を含めて今少し身なりを整えてやりたいのだが、相変わらず凜のことを煙たがっている佐助には取りつく島がない。

そんなこんなで、川開きを三日後に控えた皐月は二十五日。

念願叶って、凜は千歳と共に津藩の中屋敷を訪ねることになった。

「私は伊勢国の出でな。江戸屋敷に出入りしている土井先生と馬が合って、先生の紹介で金瘡の怪我人を診たのが縁で、屋敷に出入りするようになったんだ」

「さようでございますか」と、初めて聞いたかのごとく凜は相槌を打った。

人柄と腕が知れたからか、今では金瘡のみならず、何につけても千歳の診察を望む家臣や使用人がいるそうである。

中屋敷行きは昨夕急に告げられたため、ろくな支度はできなかった。

要の家にあった懐剣や手裏剣、角手は売らずに江戸まで持ってきたが、浅草の伊勢屋に預けたままで、手元にあるのは仕込み刃入りの笄のみである。

津で遠目に窺っただけで、山口とは直に顔を合わせたことがない。凜は兄の忠直と目鼻立ちが似ている方だが、一目で兄妹だと見破られるとは思えなかった。けれども、どう討ち取るべきか――

相手はそれなりの身分の武士ゆえに、返り討ちに遭わぬよう――だが刺し違えはやむなしの覚悟で凜は江戸にやって来た。たとえその場では命を取り留めたとしても、のちの手討ちや死罪は免れまい。しかしこの一月半ほどで、千歳や佐助に多少なりとも情が芽生え始めてきたところである。

屋敷の中なら山口は丸腰だろう。竹内は忠直と同い年で、生きていたとしてもまだ三十路前だが、山口は既に四十路を過ぎている。調べた限りでは武芸は形ばかりしか学んでいないようだから、出会い頭になら笄の仕込み刃でも仕留められるだろうが、千歳に累が及ぶのは避けたかった。

そもそも、山口と顔を合わせる機会があるかどうか。仕事場か寝所を探ることさえ難しいと思われる。

だが、待ちに待った機を逃したくないと、凜は気を逸らせた。
深川から永代橋を渡り、日本橋の商家に立ち寄ってから、神田川を目指して北へ歩いた。津藩の上屋敷は和泉橋(いずみばし)から二町ほど北にあり、中屋敷は上屋敷を過ぎて更に四町ほど先に位置している。

中屋敷に着くと表座敷に通された。

一人目の患者は壮年の家臣で、二月(ふたつき)前に腕を折ったそうだがもうほとんどよくなっており、添木(そえぎ)をあて直すだけで済んだ。

二人目の患者は三十路過ぎの女中で、眼窩(がんか)の隈(くま)が深く、唇が赤黒くなっている。

「お凜さんの見立てはどうだ？」

愉しげに問うた千歳に断って、凜は女中と向き合った。

「煙草(たばこ)をよくお吸いになりますか？」

「とんでもない」

「息切れや月のものの遅れはございますか？」

「少しだけ……つ、月のものも……」

千歳の手前か、恥ずかしそうに女中は応える。

「お手を」

女中の手を取って手首の脈に親指と小指を除いた三本の指を揃えてあてた。人差し指と中指はそうでもないが、薬指に脈を感じるまでに刹那(せつな)の間がある。

「脈が渋うございます。瘀血(おけつ)ではないでしょうか」

「うむ」

頷いて千歳は、やや不満げな――おそらく千歳の見立てを期待していた――女中へ微笑んだ。

「どうも血の巡りが悪くなっているようです。薬はまだいらぬでしょう。夏なのに莫迦莫迦しいと思うやもしれないが、身体を冷やさぬよう気を付けなさい。あんまり根を詰めず、こまめに身体をほぐすように」

「はい、先生」

大人しく頷くと、女中は仕事へ戻って行った。

さて……

山口の居所をどう探ろうか、厠にでも立って迷子の振りでも装うかと凜が口を開きかけた矢先、廊下に控えていた下男が言った。

「本日はこちらへはあの二人のみです」

「そうか。では、山口さまを診に伺おう」

「えっ？」

思わず声が上ずった。

「あ、あの――山口さまとは一体……？」

「おとし津からいらしたお方なのだが、三月ほど前から床に臥したままなのだ」

聞けば山口は定府として一年ほど上屋敷で勤めたのちに、癪(しゃく)を起こして倒れたという。幾度か回復の兆(きざ)しを見せたものの、三月ほど前に再び大きな癪に見舞われて寝たきりになったため、中屋敷に移って療養しているそうである。

「癪を……」

同姓の別人かと疑ったのも束の間だ。勝手知ったる千歳について訪ねた屋敷内の長屋に横たわっていたのは、紛れもない仇の山口成次だった。

千歳の手前、凜は精一杯平静を装った。

千歳に名を呼ばれて、山口はうっすらと目を開いてこちらを見た。

「先生……」

「お加減はいかがですか?」

「いかがも何も……」

弱々しく応えて、山口は再び目を閉じた。

山口はもう長くない――

内心愕然(がくぜん)としながら、凜は考えを巡らせた。

放っておいても山口はいずれ死すと思われた。

だが、いつになるかは判らぬし、このような「まっとう」な死に方ではなく、己(おの)が手で殺してやりたいという衝動と凜は戦った。

笄を引き抜き、仕込み刃で山口の喉をかっさばく。

もののひとときとかからぬ筈だ。

でもその前に。

その前にこやつに思い知らせてやりたい。

兄上とお純、母上の無念と、この私の積年の恨みを全て——

「お凜さん？」

千歳に呼ばれて、凜は己が知らずに笄に触れていたことに気付いた。

今手を下せば、己を連れて来た千歳も必ず咎めを受ける。お白州に連れてゆかれるなら申し開きもできようが、己と共にここで手討ちになる見込みもなくはない。

己や千歳の死に様よりも、佐助の泣き顔が思い浮かんで凜は笄から手を放した。

「……なんでもありません」

「そうか？　ならばゆこう。あまり遅くなると佐助が心配するからな」

千歳に促され、凜は身を引き剝がすようにして腰を上げた。

五

翌日。

凜は千歳に断って、浅草を訪ねることにした。

「男のとこに戻んのかよ？」と、佐助。

「いいえ。捨てられた身で、今更すがるつもりはありません。ですが、近所によくしてくださったお婆さんがいたので、ちょっと様子を見に伺いたいのです」

嫌みたっぷりの佐助とは裏腹に、千歳はにこやかに応じてくれた。

「気を付けて行っておいで。久しぶりにゆっくりしてくるといい」

「甘い。甘いよ、先生は」

「なんならお前もたまには遊びにおゆき」

「おれはちゃあんと仕事をするよ」

小さく鼻を鳴らしてから佐助は付け足した。

「でも、その、遣いのついでにちょびっとだけ寄り道するかも……」

「ちっとも構わんよ」

家を出ると、凜は大川の東側を北へ歩いた。

中之橋、上之橋、萬年橋（まんねんばし）、一之橋と渡って行くうちに、後を追って来る気配に気付く。両国橋を西へ渡ってから、袂でそれとなく振り返ると、視界の隅に佐助の姿がちらりと映った。

凜が「お婆さん」と言ったのは、伊勢屋の稲のことだ。

武器はしばらく預けたままにしておくつもりだが、仇討ちの手段の一つとして毒を用いてはどうかと考えた。伊勢屋は表向きはまっとうな万屋なのだが、要のってだけあって、裏稼業として店には出せない様々なものを取り扱っている。

伊勢屋を知られては厄介だと、凛は佐助を撒くべく、両国広小路の人混みに紛れて神田川の方へ道をそれた。

と、柳橋を渡る途中で背後から佐助の声が聞こえた。

「何すんだよ！」

「そりゃこっちの台詞だ、この餓鬼め！　そっちからぶつかっといて詫びもなしたあ、いい度胸じゃねぇか」

凛が振り返ると、浪人らしき柄の悪い男が佐助の襟首をつかんでいる。

「すまねぇ。ちょいと急いでたんだよ」

「それがすまねぇって面か？　餓鬼だから——片腕だからって大目にみやしねぇからな。さ、両手両膝をついてしっかり詫びな。おっと両手は無理な話か。なら片手で勘弁してやらぁ」

下卑た笑いと共に放られて、地面に倒れ込んだ佐助はきっと男を見上げた。

「うん？　なんでぇその目は？　人並みに詫びることもできねぇのかよ？」

蹴り飛ばそうとした男の足から逃れて佐助が飛び起きる。

が、逃げ出す前に男が再び、今度は佐助の右腕をつかんだ。

「放せ！」

おやめなさい――

そう凜が声を上げる前に、角を折れて来たばかりの影が叫んだ。

「放しやがれ！」

柊太郎であった。

駆け寄って来る柊太郎を見て、男は佐助を神田川の方へ突き飛ばした。

「わぁっ！」

音を立てて佐助が川へ落ちると同時に、柊太郎が男に組みつく。

「この野郎！」

「なんだ、小僧！」

「誰が小僧だ、莫迦野郎！」

男は柊太郎に任せて凜は川を覗き込んだ。

「佐助さん！」

どうやら佐助は泳げぬようで、呼びかけに応えるどころか、もがきながら頭を浮き沈みさせている。

迷わず凜は飛び込んだ。

両腕をかいて佐助に近付くと、暴れる佐助を抱えて水面に浮かぶ。

喘ぐように息を吸った佐助へ、凜は穏やかに言い聞かせた。

「平気よ。もう息ができるでしょう？　しばらくこのままじっとしていてね」

ぐったりとした佐助を抱いたまま大川の近くまで流されたが、行き交う舟がすぐに気付いて凜たちを引き上げてくれた。

船頭に礼を言い、川岸で二人して着物の袖やら裾やらを絞っていると、凜はふと佐助の股から足へと血が伝っているのに気付いた。

「佐助さん、あなた――」

佐助がはっとするのと同時に追って来た柊太郎の声が聞こえて、凜は慌ててかがんで袖で血を拭ってやった。

「おおい、無事か？」

「ええ、なんとか。――柊太郎さん。近くに部屋を貸してくれるお店はないでしょうか？　佐助さんがちょっと怪我したみたいなんです」

「そうなのか？　よし、待ってろ」

柊太郎が近くの茶屋に話をつけてくれ、凜と佐助は「手当て」と称して座敷にこもった。

二人きりになると、凜は囁き声で佐助に問うた。

「佐助さん、あなた女の子だったのね？」

「うるせぇ、莫迦野郎」

佐助はすぐに言い返したが、いつもの勢いはない。

水中で抱きかかえた時にもしやと思ったが、先ほど血を見て確信していた。

女児ゆえに湯屋や手習いを避け、凛を遠ざけようとしてきたのだろう。

「月のものがきたんでしょう？」

「うるせぇや」

更に弱々しく応えて佐助はうつむいた。

「私は向こうを向いているから、これでなんとかするといいわ」

丁字帯はないものの、茶屋に都合してもらった手ぬぐいと襷を差し出すと、佐助は渋々帯を解き始めた。

凛の背後でごそごそしながら、今度は佐助が問うてくる。

「お凛さん、あんた本当は泳げるんだろう？」

「いいえ」と、凛は嘘をついた。「飛び込んだのはとっさのことよ。舟がすぐに来てくれて助かったわ」

「嘘つき。先生に取り入るために泳げない振りをしたんだろう？」

「佐助さんはどうして男の子の振りをしているの？」

佐助の慧眼（けいがん）に内心感心しながら、凜はまぜっ返した。

「……あの日、おれは逃げて来たんだ。火事で腕を失くした日……」

つぶやくように佐助は応えた。

「どうしても帰りたくない、あすこに戻されるくらいなら舌を嚙み切って死んだ方がましだって言ったら、先生が家にいていいって言ってくれた」

どこから逃げて来たのかまでは明かさなかったが、よほどひどい目に遭ったのだろう。

十かそこらの子供が、自死を選ぼうとするほどの……

追手を恐れて、佐助は千歳のもとでは男児として暮らすことにしたらしい。

――そろそろあいつもなんとかせねばと思っていたんだ――

千歳がああ言ったのは、いずれ誤魔化（ごまか）せぬ時がくると判っていたからだ。

「先生はおれの命の恩人だ。だからあんたが先生に害をなすようなら――邪（よこしま）な思いで先生に近付いたってんなら――おれはあんたを許さない。その化けの皮、必ず剝がしてやるからな」

そう言って佐助は凄（すご）んでみせたが、所詮（しょせん）まだ十二歳の子供である。

処置を終えて再び濡れた着物を着直した佐助と、凜は真っ向から向き合った。

「私にも人には言えない秘密があるけれど、先生と佐助さんには心から感謝しています。お約束します。けしてお二人に害をなすような真似はいたしません」

「ふん」

佐助はそっぽを向いたが、声は和らいだように思えた。

表に出ると、縁台にいた柊太郎が立ち上がった。

「怪我はどうだ？」

「大したこたねぇよ。お凜さんは大げさなんだよ」

「そうか。あの野郎はきっちりのしてやったからな」

「そうなんですか？」

「たりめぇよ。この俺を小僧呼ばわりしやがって――向こう脛を蹴りつけてやったら、転がってひいひい泣いてたさ」

半信半疑で問うた凜へ、柊太郎は得意げに胸を張った。

泣いていたというのは大げさでも、やり込めたのは嘘ではなさそうだ。

「柊太郎はこう見えて頼りになるからな」と、佐助。

「そうともさ。――うん？　『こう見えて』たぁ、どういうことだ？」

「小僧みてぇな面をしててもってことさ」

「てめぇ、恩を仇で返しやがって」

ひひっと笑った佐助に、柊太郎はそれこそ小僧のように頰を膨らませた。

「……柊太郎さんはどうしてあそこに？」

「ああ、俺は今朝先生の——っても栗山先生じゃなくて、道場の先生の遣いで浅草に行ったんだ。帰りがけ、お凜さんが両国橋をこっちに渡って来るのが見えたからよ。声をかけようとしたら、佐助が後をつけてるじゃねぇか。そんで、なんだか面白そうだと俺も佐助の後を追ったのさ」

「そうだったんですか。助かりました」

「なんの、あれしき」

にっこりと目を細めた様は、まだ十代に見えなくもない。

噴き出しそうになるのをこらえて、凜は佐助を促した。

「帰りましょう。まさかとは思うけれど、風邪を引いたら困るもの。お婆さんのところへはまた出直すことにいたします」

七日もすれば大暑とあって陽気はいい。

髷も着物も一刻もすれば乾くと思われたが、月のものが始まった佐助を柊太郎と二人で深川へ帰すには不安があった。

千歳と親しい柊太郎なら、佐助が女児だと知っているのやもしれない。だが、月のものを男に知られるのは並の女でも気まずいものだ。

佐助の信頼を得るためにも、今日は共に帰った方がよいと判じて、凜は伊勢屋行きを諦めた。

六

川開きの翌日に凜は再び千歳の許しを得て、浅草へ向かった。

此度は誰にも尾行されていない。佐助は千歳の伴をして日本橋の商家へ往診に行き、柊太郎はここしばらく用心棒の仕事で忙しくしている。

伊勢屋に行くと、凜は稲に頼んで台所を貸してもらった。

「水渇丸に馬銭子を仕込もうと思うのです」

「犬殺しか。ふ、ふ……」

目尻の皺を深くして、稲は忍び笑いを漏らした。

水渇丸は喉の渇きを抑える丸薬で、甘草、薄荷、烏梅、梅干し、茯苓、何首烏に葛粉と水を混ぜて練ったものだ。馬銭子は熱病や食滞に効く生薬だが、毒でもあるため処方が難しい。忍は毒として用いることが多く、焼飯に馬銭子を混ぜたものは「犬殺し」と呼ばれている。

「毒をただ含ませることはできませぬゆえ。水渇丸に混ぜ、薬として飲ませようかと。さすれば、しばし時が稼げましょうし、あいつには犬殺しで充分です」

兄の忠直はおそらく無理矢理毒を飲まされた。ならば、山口に毒を用いるのはいい意趣返しになる。山口が病床にあればこその代案でもあった。

「そうとも。仇が寝込んでいるとは幸いだったね。手討ちにならずに済むならそれに越したことはないからさ」

「ええ」

刺し違えてもという覚悟は変わらぬが、寝たきりの山口を見て欲が出てきたのは否めない。

この数年間、ずっと仇討ちとその先の死を覚悟しながら凜は修業してきたが、今になって己の内に再び生への執着が生じてきていた。

佐助さんとの約束を守るためにも、秘密裏に済ませられるならその方がいい——言い訳めいたことを考えながら、凜は水渇丸を練った。

材料をしっかり練り込むと、馬銭子を仕込む分を少しだけ取り分けた。三分ほどに丸めた毒入りの水渇丸を二粒作ると、残りは並の水渇丸として伊勢屋で売ることにして材料代と相殺する。

「もしもの時は仕方ないけど、無駄に命を落とすんじゃないよ」

「はい」

「首尾よくいったら、うちで働くといい。薬や毒を作れる者は重宝するからねぇ」

「その時は……どうぞよしなに」

東の間躊躇ったのは、千歳や佐助が思い浮かんだからだ。

首尾よくことが運んだ折には、伊勢国に戻って要の行方を探してもよかった。

だが今はどことなく江戸の――深川の暮らしが離れ難く、そんな風に感じた己に凛はいささか驚いた。

――水無月に入り、凛は再び千歳と中屋敷を訪れることになった。

大暑の二日後に中屋敷から遣いが来たのである。

「川開きに出かけて怪我を負った者がいるのですが、傷口が膿んできたのです。それから暑気あたりと思われますが、寝込んでいる者が幾人かおりまして……どうか先生にご足労いただきたく」

大暑はその名にふさわしい夏日となって、近所にも暑さに倒れた者がいた。

「他の約束がありますので、大分遅くなりますが？」

「構いません」

遣いの者が辞去すると、千歳は凛に支度をするよう言い付けた。

今日の往診は両国から向島にかけて三軒あり、患者は全て町人だった。急遽、凛と入れ替わりに留守番となった佐助はむくれたが、「饅頭でも買って来い」と千歳が小遣いを差し出すと、少しだけ機嫌を直して受け取った。

一人目の患者は、一之橋の南側にある弁財天の前の茶屋の女将だった。半月ほど前に転んだ際、石で足を切ったそうである。抜糸して膏薬を渡すと、今度は橋を渡ってすぐの元町の料亭に二人目を診に行った。患者は板前で、運悪く見習いが誤って落とした包丁が足に刺さってしまったという。血止めをする前に焼酎をかけたのが功を奏したのか、腫れや膿はないものの、元通りに歩けるようになるまでは今しばらくかかりそうだ。

八ツを過ぎたこともあって、料亭が甘酒を出してくれた。

「曇ってきたが、暑さは変わらぬな」

「ええ」

「まだしばらく歩くが……」

「平気です。私は丈夫なのが取り柄ですから」

「頼もしいな」

長居はせずに甘酒を飲み干すと、凛たちは更に北へと足を運んだ。

三人目は大川橋から二町ほど北東に位置する仲之郷瓦町に住む老人で、柊太郎が通う剣術道場主の知己であった。先月、山口と同じく癪で倒れたそうだが、こちらは血色が良く、とどこおりなく回復しているようだ。

元町から仲之郷瓦町まで四分三里ほどあるがため、老人に暇を告げた時には既に七ツに近かった。一刻ほどの間に雲はますます厚くなり、辺りは薄暗く、夕立の気配が漂っている。

「こりゃ、帰る前には一雨くるな」

「そうですね……」

大川橋を西へ渡ると、浅草広小路の人混みを避けるべく川沿いを少し南へ歩いて駒形堂を西へ折れた。三間町を伊勢屋を横目に通り過ぎ、菊屋橋を渡ると新堀沿いを南へ下ったが、浅草阿部川町を通り過ぎた辺りで千歳が小さく溜息をついた。

「どうかされましたか？」

「うむ。ちと厄介なことになるやもしれん」

やや早足になった千歳に遅れまいと凜も足を早めた矢先、後ろから小走りに近付いて来る足音に気付いた。

振り向くと、二人の男が追って来る。どちらも地味な身なりをしているが、只者ではない目つきをしている。

「お凜さんは次の橋を渡って逃げてくれ」

「えっ？」

西側は連なる武家屋敷、東側は新堀である。

次の橋への一町半ほどを行く間に、新堀の向こうにも駆けて来る者を認めた。

堀向こうの者が橋を渡って来るのを見て、千歳が苦々しい声で言った。

「挟むつもりか。ならばお凛さんはこのまままっすぐ走れ」

「でも」

「でもも糸瓜（へちま）もない。急げ」

橋を渡って来た男は袂を通り過ぎた凛へちらりと目をやったが、構わずに北へ折れて千歳に襲いかかった。

「先生！」

「いいから逃げろ！」

そう叫んだのは追って来た二人の男の、更に後ろから走って来た柊太郎だ。

柊太郎に気付いた男の一人が足を止めて、懐から匕首（あいくち）を出して抜いた。柊太郎はいつもと同じく脇差しを帯刀（たいとう）しているが、抜かずに男の匕首をよけ、手首をつかんで捻（ひね）り上げる。男は匕首は落としたものの、身体を捻って柊太郎の手から逃れると柊太郎と取っ組み合った。

荷物を放り出した千歳は振り向いて、これも匕首を手にした一人目の男をいなしたが、背後には二人目の男が迫っていた。くるりと身体を回した千歳が二人目の男とつかみ合う間に、一人目の男が匕首を持ち直して立ち上がる。

とっさに凛は足元に落ちていた石を拾った。

一寸余りの石を、男の頭をめがけて投げつける。

手裏剣とは勝手が違うが、うまいこと命中して男が呻いた。

「この尼（あま）！」

振り向いた男が鬼の形相になって凜に向かって来た。

「大人しくしやがれ」

人質にしようとでもいうのか、男は匕首をちらつかせたが、ここで捕まれば千歳の足を引っ張るだけである。今更逃げようにも、女の足ではすぐに追いつかれてしまうだろう。

——けしてお二人に害をなすような真似はいたしません——

佐助との約束を思い出して凜は男と対峙（たいじ）した。

「やろうってのか？　栗山の伴だけあるな」

にやりとして、男は匕首を閃（ひらめ）かせた。

一閃、また一閃と、二度よけたものの、仕込み刃入りの笄の他、凜は武器を持っていない。よしんば仕込み刃を抜いたところで、匕首には到底太刀打ちできぬ。

更に繰り出された匕首から間一髪で逃れたところへ、鞘（さや）ごと飛んで来た刀が男の背中を打った。

男が振り向くと同時に、追いついて来た柊太郎が手刀で匕首を叩き落とす。

男の方が二寸ほど柊太郎より背丈があったが、匕首へ手を伸ばすべく男がかがんだ隙に柊太郎は男に組み付いて、なんなく男を後ろ手にして押さえ込んだ。

千歳の方を見やると、千歳もつかみ合っていた男を押さえ込んでいて、その向こうには柊太郎にのされたらしい男が転がっている。

凜が襷を渡すと、柊太郎は手際よく男を縛り上げた。

千歳が同じようにして二人の男を縛り上げる間に、ようやく阿部川町の方からぱらぱらと人がやって来た。

番人らしき男が近付いて来る前に、千歳が捕らえた男の耳元で囁いた。

「……の手の者だろう？　やつはしくじりを許さぬぞ」

しかとは聞こえなかったが、千歳は男たちの雇い主に心当たりがあるらしい。

気を失ったままの男を除いた二人の顔がさっと青ざめた。

番人に問われて、男の一人が口を開いた。

「医者だと見込んで、ちょいと脅して金を都合してもらおうかと……」

明らかに命を狙われていたにもかかわらず、男たちの言い分に千歳は異論を唱えなかった。それどころか「いきなり襲われて驚いた」と、男たちに話を合わせる。

「幸い、伴の者が手練れゆえに返り討ちにしてやりましたが、助手に怖い思いをさせてしまいました。しっかり罰してくださいよ」

実際に金品は取られていないが、追剝(おいはぎ)は獄門か死罪である。未遂(みすい)でも重敲(じゅうたたき)や入墨(いれずみ)などそれなりの咎めがあると思われた。

でも、本当は殺すつもりだった。

しかも三人がかりで——

番人が野次馬(やじうま)の助けを借りて三人を番屋にしょっ引いて行くと、凛は千歳と柊太郎を交互に見やった。

「先生はあの者たちの正体をご存じなのですね？」

「まあ、見当はついている」

「柊太郎さんは此度は偶然じゃありませんね？」

「此度も、だ」

応えて柊太郎は肩をすくめた。

「じゃあ、先日も？」

「うむ」

「ああ」

柊太郎と共に頷いて、千歳は言った。

「私は仇持ちなのさ」

「仇持ち？」

つまり千歳は誰かを殺し、誰かの恨みを買ったのだ。

「以前、患者を死なせてしまったことがあってな。家人にずっと恨まれていて、いまだ時折こうして付け狙われることがあるんだ」

「患者を……」

「わざとじゃねぇ。逆恨みさ」

柊太郎はそう付け足したが、凛はどうも腑に落ちない。

千歳が一体誰を殺め、誰から恨まれているのか興を覚えぬでもなかったが、隠しごとをしている身では問い質すことはできなかった。

佐助もそうだったが、柊太郎も凛が新たな刺客、もしくはつなぎ役ではないかと疑っていて、先日も実は初めから後をつけていたそうである。

「佐助までつけてたのには驚いたけどよ。あいつなりに先生を案じてのことさ」

「私は放っておけと言ったんだがな……だが、ここしばらく他出の度に、どうも嫌な気配がしたんで、この七日ほど柊太郎に用心棒を頼んでいたのだ」

身を守るためというよりも、相手の隠れ家を突き止めるためだった。

「佐助かお凛さんを伴にしていれば、日中に往来で手出しすることはないと踏んでいたんだ。やつらが諦めて帰るところを柊太郎につけさせようと思っていたんだが、どうも甘かったな。危ない目に遭わせてすまなかった」

「いえ……」

「けどよ、お凜さん」と、柊太郎。「あんたも只者じゃあねぇな？　石っころといい、身のこなしといい、あんた一体何者なんだ？」

「さっきはただ必死だったのです」

しれっとして凜は言い繕（つくろ）った。

「私は背丈があるので、そこらの女の人より多少は度胸があるやもしれません。でもそれだけですよ。親兄弟はとっくの昔に亡くしました。お金も身寄りも愛嬌もない、ただの振られ女です」

「ただの振られ女ねぇ……」

にやにやしてから柊太郎が問うた。

「なぁ、お凜さん。そんなら俺と一緒にならねぇか？」

「お断りします。もう男の人は懲り懲（ご）りです」

「ちぇっ」

拗（す）ねた顔はしたものの、形ばかりのようである。

「まあいいや。おいおい惚（ほ）れてくれりゃあ……けど、ちっとは見直したろう？」

相手の男たちは二人とも柊太郎より大きかった。にもかかわらず、柊太郎は抜刀することなく一人で二人をやり込めた。腕に覚えがなければできないことである。

「ええ、まあ」

率直に頷くと、柊太郎は「へへっ」と目を細める。

「さ、急ぐぞ」

微苦笑を浮かべた千歳に促され、凜たちは一路中屋敷へと向かった。

七

柊太郎は式台で待たせて、凜と千歳は十日前と同じく表座敷で怪我人を診た。

膿の手当てを終えてから、寝込んでいる者たちの部屋を順に回る。

遣いの者が言ったように皆どうやら暑気あたりのようで、人によっては千歳は按摩を施した。それぞれに蜆入りの味噌汁やら生姜湯やらを飲むよう言い付けてから、千歳は山口のところへ足を向けた。

表から問いかけるも応えはなく、千歳がそっと戸を開く。

山口は眠っていた。

土気色の増した顔が、死期が近いことを告げている。

「昨晩からずっと眠ったままのようです」

下男が言うのへ、千歳は山口の脈に触れながら囁き声で応えた。

「……もう、もって数日やもしれぬ」

「数日ですか……」

下男がつぶやくのへ、凜は思わず眉根を寄せた。

ほんの数日ならば己が手を下すまでもないように思われた。

だが一方で、やはり己の手で仕留めたいという思いが止められぬ。

許さない。

このまま安らかに、眠ったように逝くなどけして——

懐に挟んできた毒入りの水渇丸を意識しながら、千歳の背後から凜は山口を睨みつけた。

自ら始末することが、要への恩返しになるようにも思えた。

「上屋敷にもそう伝えておくがよい。江戸にお身内はいないそうだが、今生の別れを告げたいお方がいらっしゃるだろう。見舞いの方々が来る前に、少しお身体を清め、温めて差し上げたい。すまぬが台所へ行って湯を沸かしてもらい、手桶に一杯ほど持って来てくれ」

「かしこまりました」

千歳の頼みを聞いて、下男が台所へ立った。

「湯が沸くまでしばしあろう。ちと、用足しに行って来る」

そう言って千歳も長屋を出て行く。

凜には千載一遇の好機であった。

懐から油紙に包んだ毒入りの水渇丸を取り出して、凜は山口の顔を覗き込んだ。

耳を澄まさねば判らぬほどに、山口の寝息は微弱だ。

だが生きている。

兄上を死に至らしめ、私から全てを奪ったこの男はまだ生きている……

「山口さま」

夕餉を前に湯屋にでも行っているのか、辺りに人気は感ぜられなかったが、念には念を入れて囁き声で凜は呼んだ。

「喉が渇いておりませんか？」

山口はぴくりともせず、ともすれば既に死しているようにも見えて凜は再び耳を澄ませた。

身体を起こせば山口も目覚めることだろう。先日のぼんやりとした様子からして、寝起きでなくとも水と共に水渇丸を含ませるのはそう難しくない筈だ。

忠直の死で一変したこの五年間が、走馬灯のごとく思い出された。

自死とされた兄の絶望を湛えた死に顔。

かつてない悲嘆に暮れた母親の芹と妹の純。

僅かな家財道具しか持ち出せず、母娘三人で暮らした九尺二間。

純、そして芹の死。

そののちの叶屋での屈辱に満ちた日々――

――急がねば。

枕元の水差し代わりの徳利から猪口へ水を注いだ。

油紙を開いて猪口の傍らに置くと、凛は山口の肩へ手を伸ばしたが、躊躇いから再び手を膝に戻す。

水渇丸が胃の腑で溶けて毒が染み出すまでしばしある。たとえ凛たちが辞去する前に効いたとしても、おそらく新たな癪で片付けられることだろう。

大丈夫。

きっとうまくいく――

繰り返し己に言い聞かせるも、何故か「万が一」が――口をへの字に結んだ佐助の顔が――ちらついて、凛は膝の上で拳を握り締めた。

ふいに頭上で小さな音がして、凛は天井を見上げた。

ぱらぱらと雨が屋根を叩き始める。

「降ってきたな」

はっとして戸口を振り向くと、いつの間にか千歳が戻って来ていた。

「あ、あの」

とっさに水渇丸を手で隠した凛の傍らへ、千歳がすっと近付いて膝を折る。

「隠さずともよい。あなたは先だっても山口さまを殺めようとしていただろう?」

囁き声と静かな目を見て、凛は覚悟を決めて口を開いた。

「私は津から参りました。姓は石川。この男——山口成次は兄の仇にございます」

雨音が激しさを増す中、凛も囁き声で、兄が山口と竹内によって濡れ衣を着せられて殺されたことを千歳に打ち明けた。

「兄が亡くなったのち、妹は病で、母は心労がたたって亡くなりましたが、殺されたも同然です。二人とも、兄の死に打ちのめされて命を縮めたのです」

「それであなたは、はるばる仇を討ちに江戸までやって来たというのか?」

「はい。ですが、まさかこやつが寝たきりになっているとは思いもよらず……」

「この者はもはや生きる屍(しかばね)だが……仇討ちなら止めはせぬ」

「えっ?」

驚いて凛は千歳を見つめた。

笑(え)みこそないが、千歳の気はいつもと変わらず穏やかだ。

「毒なぞ用いずとも、そこの手ぬぐいで鼻と口を塞いでやればよい。また癪が起きたとでも口裏を合わせれば、私もあなたも罪に問われることはなかろう」

千歳の真意を量りかねて凜は問うた。

「……どうせ死に至る者だからですか？」

「いや」と、千歳はすぐさま打ち消した。「その歳で、女の身で、津からここまでたどり着くには並ならぬ苦労があったことだろう。これでも人を見る目には長けているつもりだ。あなたが自らこの者を仕留めたいというのなら——それがあなたの真の願いならば——この栗山千歳、助太刀もやぶさかではない」

私の、真の願い……

山口の枕元ににじり寄ると、凜は徳利の傍にあった手ぬぐいを手に取った。

手ぬぐいを水で少し湿らせてから、身体を折り曲げて山口の耳元に口を寄せる。

「石川凜と申します。あなたが殺した石川忠直の妹です。津から兄の仇を討ちに参りました」

目蓋をぴくりとさせて山口が眉根を寄せた。

「お命……ちょうだいいたします」

山口はますます顔を歪めたものの、目を覚ました気配はなかった。

手ぬぐいを片手に凜は束の間、苦悶の表情を浮かべた山口の寝顔を眺めた。

こやつはもはや、生きる屍——

雨音に紛れて山口が微かに呻き声を漏らすのを聞いて、凜はそっと手ぬぐいを徳利の傍へ戻した。

「……よいのか？」

要に問われた気がして振り向いたが、そこにいるのは千歳だけだ。

「はい」

頷いて凜は千歳へ向き直る。

「恩師曰く、人は眠っていても——今際の際でも——存外耳は聞こえているそうでございます。残り数日でも、夢の中でも、仇持ちとしてこやつは一層死に怯えて過ごすことでしょう」

「恩師とな？」

「私に武芸と医術を教えてくださったお方です」

「……その者の名は？」

水渇丸を懐に仕舞い、両手を膝の上に置いてから凜は応えた。

「望月要と仰います。もしや、先生はご存じで？」

「やはりそうか」

「ご存じなのですね？」

身を乗り出した凜に、千歳は少しばかり目元を緩めた。

「あなたは要の亡き妻に面影が似ている。それに橋の上で、身を投げる前に私の方を見ただろう？　要の知己だという確証はなかったが、何か思惑あってのことだろうと踏んでいた」

亡くなったおかみさんに似ていたから、要さんは私を助けてくれたのか……

先生もまた――

「初めから見抜いていらしたんですね」

「まさか仇討ちを企んでいたとは思わなかったがな。佐助や柊太郎の勘もあながち外れていなかったということか」

「要さんは一年余り前、秘薬を貰いに医者の友人を訪ねると置文をして、行方知れずになりました。お医者さまにしてご友人というのは先生のことですね？　要さんは先生をお訪ねになったのでしょう？」

希望を込めて問うた凛へ、千歳は小さく首を振った。

「要とはもう何年も顔を合わせていない」

「では、他にも誰かお医者さまのご友人が……？」

「どうだろう？　わざわざそのような置文を残して行ったなら、要は十中八九、不治の病を患っていたに違いない」

「不治の病を？　で、では要さんは、先生をお訪ねになる前にお亡くなりに？」

「おそらく。――あいつのことだ。死期が近付いていたのなら、初めから私を訪ねるつもりなぞなかっただろう」

「そんな」

「弱みを見せぬ男だった。殊に惚れた女には」

そう言って千歳は微かに笑んだが、凜は涙をこらえて唇を嚙んだ。

目を落とし、しばし逡巡してから凜は再び千歳を見つめた。

「おこがましい考えではありますが、私が医術を知っていたら――先生のように腕のある医者であったら、妹や母、要さんを助けることができたやもしれません。先生、私はもっと医術を学びとうございます。叶うならば先生の弟子として……それが今の私の、真の願いにございます」

両手をついて、凜は深く頭を下げた。

「……そうか」

つぶやきのごとき応えに顔を上げると、千歳は凜を見つめて付け足した。

「だが、医者は生かすのみならず……時には救いたくとも救えずに、殺してしまうこともあるぞ?」

「承知の上にございます」

背筋を正し、千歳をまっすぐ見つめ返して凜は言った。

「私も先生と同じく――仇持ちとなる覚悟はできております」

「頼もしいな」

くすりとした千歳は、やはりどこか要に似ていた。

八

やがて下男が桶を携えて戻って来ると、千歳は下の世話も含めて山口の身体に清拭(せいしき)を施した。

合間に山口は幾度か目を覚ましたが、始終朦朧(もうろう)としていて、呻き声は漏らしたものの言葉を発することはなかった。

式台に戻ると、柊太郎があくびをしながら立ち上がる。

「やっと片付いたか」

「うむ、やっと片が付いた。——待たせたな」

「ああ、待ちくたびれたよ」

「その分、薬礼を弾(はず)んでもらった。雨も小降りになってきたようだし、捕まえられそうなら深川まで舟で帰ろう」

「よしきた！」

中屋敷を出ると柊太郎が先導するように神田川に急ぎ、新シ橋(あたらしばし)の袂で空舟を一艘(そう)

捕まえて話をつける。

雨は上がりつつあったが、じきに六ツになろうかという刻限だ。

薄暗い水面を眺めていると、向かいに座った柊太郎がにっこりとした。

「もしもの時は、俺が助けてやっからよ」

「……縁起(えんぎ)でもないこと言わないでください」

「そうですとも」と、船頭も頷いた。「あっしの腕を信じてくだせぇ」

大川に出る前に六ツが鳴ったが、この道二十年だという船頭の腕は確かで、行き交う舟の合間を縫い、両国橋、新大橋の下を抜けて、あっという間に永代橋の袂に着ける。

家に帰ると、診察部屋で寝転んでいた佐助が飛び起きた。

「遅かったじゃねぇかよぅ」

「すまん。なかなか面倒な患者がいたのだ」

命を狙われたなどとはおくびにも出さず、千歳は佐助に微笑んだ。

「ふうん……なんでぇ、柊太郎も一緒だったのか？」

「帰りがけにばったり会ってな」

「ふうん……」

訝(いぶか)しげに眉根を寄せた佐助へ千歳が言った。

「腹が減ってるだろうが、今少し待ってくれ。夏風邪は引きたくないからな。風呂を済ませたら、皆で蕎麦でも食いに行こう。その頃には雨も上がっているだろう」

「判った」

「あ、佐助さん、その前に……」

土間から広縁に上がると、凜は佐助の前で膝を折って両手をついた。

「どうか、私をここに置いていただけないでしょうか？　これからも先生や佐助さんのもとで医術を学びたいのです」

「な、なんでぇ、藪から棒に――」

「以前お約束したことは守ります。どうか、平にお願い申し上げます」

凜が頭を下げると、佐助は「ふん」と鼻を鳴らした。

「どうせ先生はいいって言ったんだろう？　だったらおれに訊くこたねぇ」

見上げると、佐助は恥ずかしそうにそっぽを向いた。

「それに……お凜さんには借りがあるからよ」

「ありがとう存じます」

「だから、礼を言われる筋合いなんてねぇんだよ」

佐助は頰を膨らませたが、照れ隠しのようである。

愛らしいこと――

そう思った途端にすとんと胸が軽くなった。

もう何年もこのように誰かを愛らしいと──愛おしいと思ったことがなかった。

驚いて胸に手をやった凜へ、柊太郎が朗らかに言った。

「よかったな、お凜さん。これで俺も一安心だ」

「私もだ」

千歳がくすりとすると、佐助もようやく微笑を浮かべた。

九

二日後。

凜が薬簞笥から生薬を集めていると、中屋敷から、富岡八幡宮参りのついでに寄ったと言う者が訪れて、千歳に山口の死を知らせた。

「先生がお帰りになった、その夜のうちにお亡くなりになりました。夜半には大分うなされていたのが、丑三ツ刻にぱったりやんだそうで、隣りの者が明け方伺ってみたところ、既に冷たくなっていらしたと聞きました」

「さようで」

土間で千歳が相槌を打つのを、凜は手を止めて黙って聞いていた。

山口が死んだ……

たった二日前のことだというのに、一月も二月も前のことに感ぜられる。

知らせた者が帰ってしまうと、凜は診察部屋から広縁の千歳を見やった。

「……やっと終わりました」

「うむ」

千歳が短く頷く先から、佐助が凜の手元を覗いて鼻を鳴らした。

「なぁにが『終わりました』だ。まだ始めたばかりじゃねぇか。ただ集めて終わりじゃねぇぞ。ちゃっちゃと先生の処方通りに調合してくれよ。薬を待ってる患者は山ほどいるんだ」

薬のことだと判っていても、思わず笑みがこぼれてしまう。

「終わり」じゃない。

まだ、始めたばかり――

苦界に落とされ、仇討ちを決意してから四年が経った。

要に拾われ、要を失い――三月前に一人で江戸に出てきた。

栗山先生と佐助さんに出会ってもうすぐ二月。「弟子入り」してからはたったの二日……

「何にやにやしてんだよ?」

「すみません。すぐに取りかかりますから」

「おう、頼んだぜ」

ぞんざいな口調は変わらぬが、刺々しさはすっかりとれた。

千歳と見交わして互いに微苦笑を漏らしたところへ、柊太郎が顔を出した。

「やあ、お凛さん。今日は薬作りかい？」

「ええ、まだまだ学ぶことがたくさんあります。柊太郎さんはこれから道場へ？」

「おうよ。俺もまだまだ修業しねぇといけねぇからよ」

というのはおそらく謙遜で、いまだ目にしていないが、千歳曰く、柊太郎は既に免許皆伝の腕前らしい。

また、これも千歳から明かされたことだが、千歳が柊太郎に贈った脇差しは、その昔、要が打ったものだという。

——柊太郎の剣は要のそれによく似ている。ゆえに、柊太郎の方が私よりあの刀にふさわしいと思ってな——

要は刀匠にして剣士でもあった。女が帯刀することはなかろうと、凛に剣術を教えることはなかったが、要自身は日々の稽古をかかさなかった。千歳も剣術は一通り修めたが、要には敵わなかったそうである。

要さんの刀にふさわしい人……

脇差しと柊太郎の顔を交互に見やると、柊太郎が照れ臭げに口角を上げた。

「なんだい、お凜さん？　まさか、お凜さんは剣術も会得してるってんじゃねぇだろうな？」

「いえ……でも、それも一興やもしれません」

「一興って、お凜さん――」

「この際、剣術を学んでみるのもよいかと」

千歳が仇持ちならば、更なる武芸を身につけておいて損はない。

もう「一人」ではないのだから――

目を丸くしたのも一瞬で、柊太郎が破顔した。

「そいつぁいい。俺が手取り足取り教えてやるよ」

「優れた剣士が優れた師範とは限らないのでは？」

「そんなこたねぇ。俺ぁ道場では師範代を務めることもあるんだぜ」

「そうですか。では、そのうちお願いいたします」

「お、おう。任せとけ」

もっと渋ると思っていたのか、戸惑い顔になった柊太郎を佐助が笑った。

「あはははは。お凜さんはなんでもこなす器用者だ。剣術もすぐに柊太郎よりうまくなるかもな」

「冗談じゃねぇ。多芸は無芸だ。いくら器用者でもこの俺よりうまくなるもんか」

「あはははは。柊太郎は一芸——剣術しか取り柄がねぇもんな」

「なんだと、佐助、この野郎！」

二人のかけ合いと、佐助の無邪気な笑顔につい目頭が熱くなる。

そっと目を瞬いた凜へ、千歳が温かい笑みを向けた。

「剣術もいいいが、まずは薬を頼むよ、お凜さん」

「はい、先生」

江戸は深川で、凜の新たな暮らしが始まった。

寿の毒

宮部みゆき

一

師走のひと月があんなにも忙しないのはこのためだというのに、正月三が日など、来てしまえばあっという間である。

冬至を過ぎて、畳の目ほどずつながらも日ごとに陽は伸びているはずだが、それでも昼がまだまだ短いから、なおさらそう感じるのだろう。年始回りと初詣、おせち料理と上方くだりの銘酒。楽しく酔っているうちに三日が過ぎ、おやもう四日だ、五日だ、そして明日はもう七草である。正月飾りを外さねばならない。

それでも静かな正月だったのが、回向院の茂七にとっては幸いだった。喧嘩騒ぎも大きなものはなく、怪我人も出ず、これという事件も起きなかった。おかげで少々飲み過ぎたのだろう。どうも胃の腑のあたりがもたれ気味で、どうかするとげっぷが出る。

「ええとねえ……毎年のことなのに、あたしはどうにも覚えが悪いのよ」

勝手口ではかみさんが、出入りの八百屋相手に話している。

「なずな、はこべら、すずな、すずしろ」

かみさんは小娘のように指を折って数え上げる。

「あとは？　ああ、せりね。それと、ほとけのざ。これでどう」

「おかみさん、それじゃまだ六つです」

「え？　あとひとつは何だったろう」

「ごぎょうですよ。おかみさんは毎年それをお忘れになります」

「そうかしら。ごぎょうなんて、普段は食べないものねえ」

「おっしゃるとおりでございます」と、八百屋はにこにこした。「毎年どおり、五人様分でよろしゅうございますね？」

「ええ。うちは四人ですけれど、糸さんが二人前食べるから」

毎度ありがとうございます、では明日いちばんでお届けにあがりますと、八百屋は丁寧に頭をさげて出ていった。

茂七の手下の糸吉と権三は、岡っ引き稼業の茂七を助ける他に、自分の生業も持っている。糸吉はごくらく湯という湯屋であてにされている働き手だし、権三は自分の住まう長屋の差配人を手伝い、これまた重宝がられているという具合だ。新年は元旦こそ茂七のところで一緒に屠蘇を祝ったが、あとはふたりそれぞれに忙しい。今日など、まだふたりとも顔を見せていない。

「あら、どうしたんですおまえさん。そんなところで景気の悪い顔をして」

かみさんが、長火鉢の縁に肘をついてつくねんとしている茂七を見かけてからかった。

「どうもこうもねえ。おせちにあたったんじゃねえかな。腹具合がよくねえんだ」

「嫌ねえ。今ごろになってそんなことがあるもんですか。お酒のせいですよ」

かみさんは笑いながら、口先だけで叱りつけた。

「お元日に、加納様のお屋敷でたくさんいただいたのが振り出しでしょう。いったいぜんたい、この江戸の町に、大事な旦那のところへお年始にうかがって、飲み比べをしてつぶれてしまうような岡っ引きがいるもんですか。おまえさんぐらいなもんですよ」

茂七は数年前から、八丁堀の本所深川方同心、加納新之介から手札をいただいてお上の御用を務めている。加納の旦那はまだ若い。ようよう二十五歳である。それまでずっと茂七を使っていたのは古株の伊藤という同心で、彼が急死したあと、回されてきたのが加納新之介だったのだ。手下の糸吉とさして違わない年回りの旦那に仕えるのだから、最初のうちはなかなか馴染めなくて気が揉めたものだ。それが去年あたりから、やっと旦那の気性を飲み込めてきたし、先方も茂七の使い方を心得てきたしで、うまが合うようになってきた。やれ嬉しや、というのが双方の本音である。それだからこそ、年始の挨拶にうかがったら、堅い挨拶はもういいからあがれ、あがれ、一献傾けようではないか、一度親分と飲み比べをしてみたかったのだ——という運びになってしまったのだ。

「俺はつぶれてないぞ。つぶれたのは加納の旦那だ」茂七はむくれて訂正した。

「いいえ、おふたりともきっちりつぶれてございました、順番が後先になっただけだって、権さんが笑ってましたよ」

飲み比べで、息子みたいな歳(とし)の旦那に勝ったものだから、すっかりいい気になっちまったのねと、ちくりとやられた。

「これほどたくさんご酒を飲んだお正月はありませんでしたよ。もう若くはないんですからね。ほどというものを知らないと」

ふんと、茂七は鼻先で返事をした。

「それにしても、昔のひとはやっぱり偉(えら)いわ。おまえさんみたいな飲み過ぎ、食べ過ぎの男衆(おとこし)のために、ちゃあんと七草粥(がゆ)という慣(なら)わしをつくってくだすったんだから。何なら、今夜からお粥にしてもいいんですよ」

「何度七草を祝っても、そのたびにごぎょうを忘れるようなおめえに言われたくないね」

負け惜(お)しみばっかり強いんだからとかみさんは言い返す。いずれにしろ、平和な年明けだ。げっぷのあいだには、あくびぐらいしかすることがない。

ところが、その翌日、当の七草の日のことである。

どれ、ひとつぐるりと木戸番廻りでもするかと、茂七が支度をしているところへ、権三が顔を出した。この男はもとお店者で、そろばんに明るく物腰も丁寧だ。身体は「牛の権三」と異名をとるほどに大きいくせに、どんなに急いでいるときでも、けっしてどたばたとはやってこない。気がつくと、するりと座敷の入口にいる。

「お出かけでしたか、親分。ちょうど間にあってよござんした」

「おう、どうした」

いつでもあわてている糸吉は、あわてているのが常なので、大事と小事の見分けがつきにくい。権三はその逆で、いつでも落ち着いているのだが、やっぱり大事と小事の見分けがつきにくい。茂七の手下たちの、唯一の困ったところである。

「実は少々取り込みがございまして。熊井町の料理屋『堀仙』という店です」

本所深川には、名高い「平清」を頭にいくつかの料理屋がある。が、堀仙という店の名は初耳だった。

「去年の春に店開きをしたそうで、料理屋といっても、まあ仕出し屋に毛が生えた程度のこぢんまりとしたところです。若夫婦二人と小女が一人、三人で充分に切り回せるというくらいの」

「庖丁人は？　そこの主人か？」

「はい。吉太郎といいます。歳は三十。外神田の『薪膳』で十五年も修業して、ようやく独り立ちしたばかりだそうでして。実は、うちの差配さんが薪膳の庖丁人と長年昵懇でして、この話も、吉太郎がまず薪膳に泣きついたのを、深川のことなら茂七親分だろうからと、回り回って私の耳に届いたんです」

　堀仙では昨日、宴席をひとつ請け負った。客は八人。そこで数人が具合が悪くなり、今朝になってそのうちの一人が死んだというのである。

「どうも食あたりのようではあるんですが、とにかく死人が出ておりますので」

　茂七はぎゅっと眉根を寄せた。「で、それはどこのどんな宴席だ？」

「海辺大工町の蠟問屋、辻屋をご存じですね。あそこのご隠居の還暦祝いの席だったそうです。ですから宴席に出ていたのも、辻屋のご隠居本人と主人夫婦、あとの五人も親戚筋や、ご隠居の古い知り合いなど、気心の知れた者ばかりだったそうで。ごく内輪の席だったようですね」

「大人ばかりか？」

「はい。内訳は、辻屋の三人の他に、ご隠居の弟夫婦。蠟問屋の寄り合いで隠居と長年懇意にしてきた商い仲間の老人と、その女房と。あとは親戚筋の女が一人」

　権三は、八百屋相手のかみさんと同じように、きちんと指を折って数えあげた。

「そのうち、死んだのは誰だ」

「その親戚の女——主人の彦助の又従妹にあたる、おきちという女です。ただ、これは今では『いろは屋』という深川仲町の小間物屋の女房ですが、実は彦助の先妻だった女で。今の辻屋の女房は二人目なんですよ」

彦助とおきちは又従兄妹の間柄であるだけでなく、幼馴染みでもあって、小さいころから末は夫婦にと、当人どうしも周囲も認め合った間柄だったのだそうだ。が、いざおきちが嫁いでみると、彦助の母親、姑との折り合いがどうにも良くない。結果、五年前に夫婦別れとなって、おきちはいったん実家に戻り、そこからいろは屋へ再縁した。彦助も二番目の女房をもらって、今年で三年だという。彦助とおきちには子供がなかった。今は、新しい女房とのあいだに二児をもうけている。この子供たちはまだ小さすぎるというので、宴席には連ならず、無事だった。

「しかし、そんな経緯のある女を、なんでまた還暦祝いに呼んだんだろう」

真っ先に、茂七はそのことに引っかかった。

「詳しいことは、まだわかりません。ただ、おきちと折り合いの悪かった姑は、先年亡くなったそうです。ですから、ねえ」

権三は慎重な口振りになった。

「彦助——辻屋の方に、おきちに対して申し訳ないという気持ちがあったんじゃないでしょうかね。わかりませんが」

「それが仇になって、おきちは死んだわけか」

茂七はまだ険しい顔をしたままだった。

「おきちの亭主は呼ばれていなかったのかい?」

「はい。いろは屋の主人は勘兵衛という男ですが、そうですね、たぶん親分よりもっと年長でしょう。亡くなった先妻とのあいだに大きな伜がいます。おきちは父娘ほど歳の離れた男のところに後添いに入ったんですね」

宴席は昨日の午からで、八ツ(午後二時)の鐘が鳴るころには終わっていた。商家のことだし、普通、こういう酒の出る祝い事は陽が落ちてからするものだが、辻屋の隠居は腰が悪く、暗くなってから出歩くのは大変だし、寒さも身にしみるので、明るいうちにしたのだという。

「松の内だから、昼日中から少々酔っぱらったとしても、そう面目ないことにはならないというわけでしょう。いろは屋も辻屋も、店は休んでいましたし」

宴席のあいだに、「どうも具合が悪い、料理の味がおかしい」と、最初に言い出したのはおきちであったらしい。が、彼女のあとを追いかけるように、ご隠居の弟と、ご隠居の商い仲間の老夫婦も、少し気分が悪いと言い出したという。

「ただ、料理が旨いんで飲み過ぎたんだろう、たいしたことはないと、笑っていたそうです。おきちひとりだけはぶつぶつとこぼしていて、途中からは箸も進まなかったらしい」

茂七は無言で口の端(はし)をねじ曲げた。

「それでも四人とも、自分の足で歩いて帰ったそうです。だから皆、さほど心配していなかった。実際、ご隠居の商い仲間の夫婦の方は、何事もなく元気になっていました」

「会ってきたのか？」

「はい、通り道ですから。ふたりには、おきちが死んだことは、まだ伏せてあります。ついでに堀仙に寄って、昨日使った食材の残りや、食い残しやごみが残っていたら、そのまま手をつけずに置いておくようにと言ってきました。さすがに皿(さら)や鉢(はち)は洗っちまっていましたが、使ったものは分けて出しておいてくれと」

権三は、こういうところが気が利(き)いている。

「おきちが今朝方ぽっくり逝(い)ってしまって、亭主の勘兵衛は、まず堀仙へねじこんだんですよ。食あたりだ、と。で、仰天(ぎょうてん)した吉太郎が、こんなときはどうしたものだろうと、外神田へ泣きついたという次第です」

「辻屋の方には？」

「堀仙から知らせが行きました。ご隠居も彦助夫婦も元気です。ご隠居の弟夫婦も、住まいが川崎(かわさき)なので辻屋に泊まっているんですが、やはり何事もありません。

みんな、腰を抜かさんばかりに驚いていたそうですよ」

事情は、ざっとわかった。

「で、勘兵衛は？　今はいろは屋に戻っているんだな」

「はい。親分が行くまで、騒がず静かにしていろと言い含めてきました。もともと、そう分別のない男のようには見えません」

「よし」

茂七は羽織の紐を締めて立ち上がった。

二

小間物屋というのは、白粉紅屋ほどではなくても、やはり女相手の商いになる。店は小ぎれいにして、気の利いたお世辞のひとつも上手に言える、様子のいい男が商いをしているのがいい。じじむさかったり、貧乏くさかったりするのはいちばんいけない。

いろは屋は、その点では失格だった。主人の勘兵衛は、歳は五十と言ったけれど、もっと年かさに見えた。全体に元気もない。何か持病があるんだろうと、茂七は思った。

おきちの亡骸は、奥の間に北枕で横たえてあり、上品な香りの線香が薫かれていた。茂七はまず仏に手を合わせた。蠟のような顔色で、不愉快なことでもあったかのように、眉をしかめている。だが、苦悶の痕は見えない。勘兵衛に悟られないよう、そっと仏の両手をあらためてみたが、指も爪もきれいで、何かをかきむしったような様子はない。肌に痣や変色も見あたらなかった。

ようやく、茂七は勘兵衛と向き合った。

「倅さんがいなさるそうだが、今どこに？」

口数が少ない者を指して「口が重い」とはよく言ったもので、勘兵衛は本当にくちびるが重たくて持ち上がらないというふうに、ゆっくりとしゃべった。今朝、堀仙にねじこんだときにも、この調子だったのだろうか。

「ゆくゆくはこの店を譲るつもりで、通町の小間物問屋に奉公に出しております。藪入りまでは戻りません」

「おきちさんが亡くなったことは知らせたかい？」

「いえ」と、かぶりを振る。

「しかし、義理の間柄とはいえおっかさんのことだろう」

「倅はおきちを母親とは思っておりませんでした。正直なところ、嫌っておりました」

特に口調が変わるわけでもなく、淡々とした言い方だった。それに、しゃべり出せばなめらかだ。日頃、誰かとぽんぽん話し合う暮らしをしていなかったというだけのことかもしれない。

「それじゃ、辛いところにすまねえが、昨日のことから順々に聞かせてもらいたいんだがね」

座敷のなかも店先同様、なんとも雑然として埃くさい。すす払いもきちんとしなかったのだろう。天井の隅に薄黒いぶらさがりものが見える。そのせいで、勘兵衛の表情にも、すすがかぶっているように見えるのだろうか。

「おきちさんは、昨日の午、辻屋の祝い事で堀仙に招かれて出かけた――これは、先から決まっていたことだったのかい？」

「はい。師走に入る前に、辻屋から遣いが来まして」

おきちは大喜びだったという。昨日も一張羅を着込んで出かけていった。

「帰ってきて、妙に青白い顔をしておりましてね。胸がむかむかして、背中が寒くてたまらないと、少し吐きまして……それから、布団をかぶって寝てしまいました」

そのまま夕食もとらず、水ばかり飲んでいたが、どうにも気分がよくならないと、医者を呼ぶことにしたのだという。

「どこの医者だ？」

「御舟蔵そばの安川という若い先生です。もともと、この先生のお父さんも町医者で、辻屋がずっとかかりつけだったそうで」

おきちは癪持ちで、しょっちゅう痛みに襲われ、難儀をしていたのだという。安川医師は、この厄介な持病によく効く薬を出してくれるというので、おきちはたいへん頼りにしていた。

「さて、若いといったがいくつくらいの先生だい。腕は確かなのかい？」

なぜか、勘兵衛は短いため息をもらした。茂七はそれを見逃さなかった。

「おきちよりも若いくらいです。あれは二十九でしたから……」

「そうか。で、その先生の診立てはどうだったね？」

「宴席で出た料理のことをあれこれ訊いて、ひょっとすると食あたりかもしれないが、この様子では大したことはないと思うから、静かに寝ているようにとおっしゃいました。薬もくださいました」

「その薬、残ってるかい？」

「いえ、その場で持参したものを飲ませてくださいまして、明日また寄ってみるから、と。ただ、具合が悪くなるようならば、遠慮は要らないからすぐに知らせなさいとおっしゃいました」

「煎じ薬じゃなく、粉薬だな？」

「はい。紙に包んでありました」

薬を飲んだおきちはそのまま眠り、しばらくしてまた水をほしがった。勘兵衛が具合はどうかと訊くと、

「胸の焼けるのはおさまったけれど、頭が痛い、節々が痛い、足が痺れると、機嫌を悪くしていました。顔色も紙のようで」

心配した勘兵衛は、もう一度安川先生を呼ぼうかと言ったが、おきちは断った。

「ひと晩眠れば治るから、と申しまして。あれにしては、聞き分けがよかった」

勘兵衛とおきちは、もうずっと寝床を別にしているという。寝むときは隣の座敷で、唐紙も閉めてしまう。

「私は普通に寝みました。夜中に起きたということもありません。正直に申しますと、おきちの具合を、それほど心配していたわけではなかったのです」

勘兵衛は背中を丸め、両手で膝頭をつかむようにして、ぼそぼそと続けた。

「あれはここに来て以来、元気だった日の方が少ないくらいでした。毎日毎日、どこが痛いの、気持ちが悪いのとこぼしていました。寝床から出ない日もあったほどです。私も最初のうちは気に病んでおりましたが、癪の薬をいただくようになって安川先生にお話ししてみると、おきちさんの病は気の病だと、はっきり言われまし

た」

それからは、おきちがぐちぐちと訴える愁訴を、右から左へ聞き流すようになったのだと彼は言った。

「気の病の因は、他の何でもない、辻屋さん——彦助さんへの未練ですよ。おきちをもらった私はとんだ貧乏くじです。伜にも、何度も意見されました。おきちを実家へ帰した方がいいと」

茂七は穏やかに問いかけた。「それであんたも、夫婦別れする気にはならなかったのかね？」

勘兵衛はしばらく黙っていた。言葉に困っているというよりは、ひたすら恥じているように、茂七には見えた。

「世間体というものがあります」

「そうだなぁ」

「それにおきちは、本人がどんなに望もうと、もう辻屋には帰れない。彦助さんには後妻さんが来て、可愛い子供にも恵まれた。目の上のたんこぶだった姑が亡くなったといっても、おきちの入り込む隙間はもうないですよ」

それだのに、あれは諦めなんだと、初めて咎める口調になった。

「そういうおきちが、哀れなような腹立たしいような気がしましてね。あと半年待てば気持ちも変わるのじゃないか、もう半年経てばふっきれるのじゃないかと」

まあ、だらしのない話ですと言って拳で口元を拭った。

「それで？　あんたは今朝起き出して——」

勘兵衛はうなずいた。「夜明け前に目が覚めました。年寄りは朝が早いです。それで隣をのぞいてみたら、おきちはよく眠っているように見えました」

もう少し寝かせておこうと思った。が、すっかり夜が明けても、おきちはことりとも音をたてない。様子を見にいくと、最前とまったく変わらない姿勢で横になっている。

「さすがに不安になって声をかけましたが、返事がないんです。それで触ってみると」

もう冷たくなっていた、という。

深々とうなだれている勘兵衛に、少し間をおいてから、茂七は問いかけた。「そのときのおきちさんの様子はどんなふうだった？　夜着や寝間着は乱れていなかったかい？」

勘兵衛は顔をあげ、すでに亡骸になっているおきちのいる座敷へと目を投げた。

「どうでしたか……こう、右を下にして横になって」

「頭は枕に乗っていたかね」

「はい。きちんと」

「手足は？　伸びていたか縮めていたか」

勘兵衛は額に手をあてた。「さあ、覚えていませんが……」

ということは、目立って苦しげだったり、暴れたりした様子ではなかったということだろう。茂七はそれを心に刻んだ。

「おきちさんを、今のように仰向けにしたのはあんたかい？」

「は？　ええ、そうです。というより——そうですね、顔をよく見ようと思って動かしたのです」

「あんたひとりで楽に動かせたわけだ」

「はい」

それならば、おきちは夜の浅いうちに死んだのではない。おそらくは夜明け前に事切れたのだろう。まだ身体が強ばっていなかったのだから。

「鼻や口から、何か吐いたり噴いたりした様子はなかったかい？」

「ありませんでした。なかったと思います。いや……少し涎がたれていたかな。そうでした、拭ってきれいにしてやりました」

勘兵衛は急に小さくなった。

「親分さんの手下のあの権三というひとに、そういうときは、どれほど切なくても仏に手を加えてはいけないと叱られました」

「それはそうだが、まあ、仕方ないよ。人情だ」

その言葉に慰(なぐさ)められたのか、勘兵衛はまだ小さくなったまま、寝間着がひどく湿(しめ)っていたので、着替えさせた、それから堀仙へ行ったと言葉を続けた。

寝間着が湿っていた――茂七は考えた。寝汗をかいていたということか。

「着替えさせた寝間着はどこにある？」

「裏にあります。たらいに浸(つ)けて……」

では、今さら見ても仕方がない。

「あんたにねじこまれて、堀仙じゃ震え上がったろう」

勘兵衛は目を見張った。「私はねじこんだつもりはないんですが。早く知らせないといけないと思っただけですよ。だって食あたりでしょう。昨日の宴席で、気分が悪くなったのはおきちだけじゃなかった。それはあれから話を聞いていました。料理がひどかった、辻屋さんも艶消(つやけ)しなことをすると、口を尖(とが)らせていましたからね」

つまり勘兵衛としては、親切心で堀仙まで駆け出していったというわけなのだろう。

「帰り道に安川先生のところへ寄って、先生はちょうど往診に出るところでしたが、おきちが死んだことを知らせました。すると先生は真っ青になりまして、番屋に知らせるようにとおっしゃいました。自分も往診が終わったらすぐに行くから、と」

「で、まだ来ていないんだな？」

「はい。家に戻って――私はなんだか気抜けしてしまいまして、座り込んでしまいました。もちろん、早く安川先生のおっしゃったようにしなくちゃならんことはわかっていたんですが、呆然としてしまいまして。そこへ、権三さんが来たのです」

勘兵衛は今も、途方に暮れて寂しそうに見える。

「しかしあんた、腹は立たないのかね？　おきちさんがどう思っていたかはもうわからないが、あんたはあんたなりに、おきちさんを思いやっていたんだろ？　それがこんな形で死なれちまってさ」

「それは……でも食あたりでしょう。珍しいことじゃありません。確かに料理屋で出されたものにあたるなんぞ、怖い話ですが」

「そんな宴席に呼んだ辻屋が悪いとは思わなかったのかい？」

勘兵衛は本当に困ったという表情で、ごしごしと額をこすった。

「辻屋さんには、私はいろいろお世話になっています。特にご隠居さんには、本当のところを言えば頭があがりません」

おそらく、かなりの借財があるのだろうと、茂七は思った。商人どうしなら、珍しい話ではない。

「それに、昨日の宴席だって、辻屋さんが好んでおきちを呼んだわけではありません。表向きはそういう形になっていますが、たぶん、おきちがねだったのだろうと私は思います」

「なぜだね？」

勘兵衛は手のひらを上に向けて、つるりと座敷から店先の方を示した。

「手前どもは商いもこんな具合で、内証はかつかつです。とても料理屋になど、行けたものではありません。ですから、そういう機会があると小耳にはさんで、おきちが直に、辻屋のご隠居さんにねだったのでしょう。いっぺん、ちゃんとした料理屋で庖丁人のこしらえた料理を食べてみたい、と」

今まで聞いてきたおきちの人となりによれば、ありそうな話である。

「辻屋さんには、おきちさんに負い目があったのかな」

勘兵衛はむっつりとうなずいた。「ご隠居さんは、おきちにはずいぶんと気を兼ねておられました」

「五年前に、追い出すようにして夫婦別れさせたからだな」

「さいです。実は、おきちが手前の後添いになるという話も、ご隠居さんがまとめたものでした」

なるほど――と、茂七はうなずいた。勘兵衛は正直だ。そういう話をまとめるくらいなのだから、彼と辻屋の隠居の関わりは本当に深く長いもので、その関わりのなかで、勘兵衛は、物心両面に亘り、貸しよりも借りが多いのだろう。

「ご隠居さんは、おきちにねだられたら弱かったんだろうな」

話が途切れた。折良く、表で権三の声がした。まもなく検視のお役人が来ます、という。それを聞いて勘兵衛の細い目が丸くなった。

「たとえ食あたりにしても、変死は変死だ。一応、お上がお調べになる。なに、心配することはないよ。今のように、何かお尋ねがあったら正直に答えればいい」

「は、はい……」

今朝から今までの短い間に、勘兵衛はさらに十も老けたようだ。茂七は、その痩せた肩をぽんぽんと叩いてやった。

三

手回しのいい権三は、堀仙から昨日の献立を聞き出してきていた。

「向こうには糸吉がいます。堀仙は当分店を開けられねえ。糸さんはあの気性ですから、ひどく気の毒がって、主人夫婦を慰めていますよ」

お調子者である。

料理屋では、客からの注文を受けて宴席の場所を貸し、その宴席にふさわしい献立を決め、食材を仕入れ料理して供する。有名な店では、その店の売りである献立がいくつかあって、客の方もそれをあてにすることが多いが、堀仙はまだ新しい店なので、献立は辻屋といちいち話し合って決めていったという。

「今度の場合は、お客が全体に年かさですからね。腹にもたれるものが多いのはいけないだろうと、堀仙の吉太郎は気を遣(つか)ったそうですが、ところが辻屋の方じゃ頓着(とんじゃく)せずに、みんな歯も腹も丈夫だから豪華にしてくれた方がいいという注文だったとか」

茂七は権三が書き留めてきた細かい文字を丁寧に読んだ。

「どれどれ、八寸(はっすん)は〝変わりおせち〟って、田作(たづくり)だの栗(くり)きんとんだのか」

「そうです。ただ、細工(さいく)に凝(こ)ったそうで。扇形(おうぎがた)の塗(ぬ)りの器(うつわ)で出したそうです」

「次の〝菊の葉改敷(かいしき)〟ってのは？　ああ、ゆで卵か」

「菊の葉を敷いて、その上にゆで卵を切って、菊の花のようにきれいに並べるんだそうで」

次は捻鯛(ねじだい)の酢味噌(すみそ)仕立て。塩でしめた鯛の刺身(さしみ)を捻(ひね)って形を整え、酢味噌で食する。

「次の椀物も鯛の吸い物で、鯛のつくねに色づけをして、松竹梅の形に抜いたものを浮かせたそうです。香りは柚。旨そうですね」

茂七に言わせれば、鯛をつくねにするなどもったいない。

「焼き物は――鴨か」

「辻屋のご隠居が、鴨を所望したそうです。大好物だという話です」

けっこう脂っこいものを好むようだ。

「次のこれは――何だ？〝ふたたび焼き〟って」

豆腐料理だと、権三は説明した。

「焼き豆腐を醬油で煮染めて味をしみこませて、水気を切ってから、油で揚げます。それを串に刺し、辛みそをつけて、うっすら焦げ目がつくくらいにあぶる。まあ、早い話が田楽ですよ」

茂七は想像してみた。「えらくしつこそうな食いものだな」

「はい」権三は真顔だった。「これも辻屋のご隠居の好物で、たっての注文だったんですが、吉太郎は最初、ふたたび焼きは外した方がいいと言ったそうです。鴨肉は今が旬で旨いときですが、脂も乗って、どうしてもくどい味になります。そのすぐ後に揚げ物、しかもこんな味付けの濃い料理を続けるのは良くないと思ったと。どうしてもふたたび焼きを入れるなら、鴨料理を外して、もっとあっさりした焼き物を入れた方がいいと勧めたそうでした」

うなずける話だ。

「それでも、なにしろご隠居の還暦祝いですからね。ご隠居が、鴨とふたたび焼きを両方食いたいと言うんだからいいんだ、と、押し切られて」

「辻屋の側じゃ、誰が出てきて吉太郎と献立の相談をしたんだ？」

「彦助です。彼がご隠居から食べたい料理をあれこれ聞き出しておいて、吉太郎と相談して決めたそうです」

ふうんと、茂七は言った。倅が直に決めたか……。

「その後は八頭と生麩の煮物、そして酢の物。これは京菜とすずしろと三つ葉だけで、獣肉や魚は入っていません。吉太郎は、よっぽど前のふたつの濃い組み合わせが気に入らなかったんでしょうね。飯物には吹き寄せ飯を出していますが、これには松菜と薄焼き卵と揚げ麩を細く切ったものを具にしたそうです。昆布出汁で、ごく薄味で。これも旨そうだなぁ」

「松の内だから、餅を出すという案はなかったのかね」

「辻屋の方で、餅は飽きたと言ったとか」

茂七はもう一度じっくりと献立を読み直してから、権三の顔を見た。

「食あたりの因になりそうなものといったら、鯛と鴨くらいのもんだな。まさか京菜や松菜や生麩にあたるとも思えねえ」

「生で食べているのは鯛だけですね」

「あとはみんな火が通っているか……」

顎をひねっていると、ようやく検視の役人が到着した。茂七は急いで権三に言った。

「昨日の宴席に出た連中を、辻屋に集めておいてくれ。といっても、おきちはこのとおりだから、ご隠居の商い仲間の夫婦だけか」

「そうですね。すぐ参ります」

「それと、御舟蔵そばの安川って町医者のところを訪ねてみてくれねえか」

茂七は安川医師のことをざっと説明した。

「勘兵衛がおきちの死んだことを知らせたら、真っ青になったというんだが、いまだに顔を見せねえ。食あたりと診立てて放っておいたのに気が咎めて、臆病風に吹かれてるのかもしれねえからな」

あいわかりましたと、権三は音もなく消えた。

本所深川方で検視役を務める役人は二人いるのだが、ここへ来たのは、成毛良衛という古参の同心であった。茂七と同じくらいの年齢だが、かみさんがふざけて「神様よりお年寄りに見える」と言うことがある。町方役人にしておくのは惜しいほどの気品のある顔立ちに、美しい白髪。ふさふさした眉毛まで真っ白である。

この人は本当によく亡骸を見抜く。茂七は成毛の旦那の検視には絶対の信頼をおいているので、彼の顔を見てほっと頰が緩んだ。

「ご苦労だな、茂七」

「はい、成毛様もご足労様にございます」

助手役を務める中間に手伝わせ、さっそくおきちの亡骸を検めながら、成毛の旦那はいくつか質問をした。茂七は、すっかり堅くなって青ざめている勘兵衛をなだめながら、ひとつひとつ丁寧に答えていった。

「寝汗をかいていた――と言ったな」

問われても、勘兵衛はいっそう青くなるだけだ。茂七が代わりに返事をした。

「寝間着が湿っていたそうでございます」

「それと、昨夜最後に話をしたときに、足が痺れると言っていた、とな」

「はい」

検めを終えて手を洗い、成毛の旦那は茂七をそっと手招きした。

「献立はつかんでいるか」

「はい、こちらです」

それをひととおり読み通すと、成毛の旦那は真っ白な眉毛をひくひくと動かした。

「茂七、これは食あたりではないよ」

ううん——と、茂七はうなずいた。

「おまえも察していたのではないかね？」

「はい、こういう場合のことですから、もしかしたらとは思いましたが。しかし旦那、宴席に連なった八人のうち、おきちを外してもあと三人が、やはり料理を食べて気分が悪くなっているんです」

「しかし、今朝にはけろりと治っておるというんだろ？」

「はい。おきちが死んだことを知って、驚いている様子です」

　成毛の旦那は、考え深そうにうなずいた。

「だとすると、料理にも何かしら拙いところがあったのかもしれん。が、少なくともこの女が死んだのは食あたりのせいではない。毒物のせいだよ」

　茂七の胸がひやりとした。

「どのような毒でしょう？」

「吐いたものが残っていないし、着ていたものも洗ってしまってあるのでな、おおまかなあたりしかつけることはできないが、この死に方を見ると、飲んだ者が痛がったり苦しがったりして暴れるような、派手な毒ではないだろう。ひっそりと心の臓が停まってしまう、その手の毒だ」

「そこにあるものですか？」

「松の内だからな……」と、成毛の旦那は呟いた。「いちばん手近にありそうなものをあげれば、福寿草だ」

別名を元日草とも呼ぶ。春一番で咲く縁起のいい花だ。茂七は思わず手を口元にやった。

「うちでも床の間に飾っていますよ」

「縁起物だからな。だが、あれは大変な毒草なのだ。使い方を知っている者が手にすれば、し損じのない人殺しの草だぞ」

「味はしますか」

「特有の苦味がある。しかしこの献立を見ると、ずいぶんと味の濃い料理が並んでおるからな。そこに仕込まれていたとしたならば、わかるまいよ」

堀仙では昨夜の食い残しを押さえてあると言うと、さっそく見てみようと旦那は腰をあげた。

「昨日、気分が悪くなったという者たちからも話を聞きたいものだ」

「さっそく手配します」

茂七は勘兵衛に、町役人に相談して、おきちの葬式の手配を始めていいと言いおいて、いろは屋を後にした。

四

堀仙は構えの小さな店で、初春の賑やかな町のなかで、そこだけぴったりと表戸を閉ざしている様は、今回のこの仕儀に、いかにも世間様を怖れ憚っているというように見えた。

庖丁人で主人の吉太郎は窶れきっていた。それでも、目のあたりに負けん気そうな険が浮かんでいることに、茂七はむしろほっとした。小さくとも料理屋を一軒構えるほどの腕の庖丁人には、自分の出した料理で食あたりが起こるなど、けっして認めることができないのは当然だ。それぐらいの気概がなくちゃ困る。

昨夜の宴席の食い残しといっても、実際に調べてみると、見るべきほどの量はなかった。飯粒と鴨の皮、薄焼き卵の切れ端、京菜の屑。成毛の旦那も、これじゃあ何も見て取れないと、早々に匙を投げた。

「お上はひどいことをすると思うかもしれないが、これもお役目だ。野良猫の一匹も捕まえて、逃げ出せないように籠に押し込めて、この残飯を食わせてごらん。そして様子を見るのだ」

その酷い役目は、糸吉の仕事となった。ええ、嫌だなぁと頭を抱えながら、彼は野良猫探しに出ていった。

吉太郎と彼の女房、お運びをした女中から聞き取ってみると、彼らは、昨日の宴席で、おきちたちが「料理が変だ、気分が悪い」と文句を言っていたことは、今朝になるまで知らなかったという。その場では、誰も何も言わなかったのだ。

「このとおりにきれいにあがっていただきましたから、よもやそんなことがあるとは思いませんでした。料理を出し終えて手前がご挨拶にうかがったときも、席の皆さんは上機嫌で、旨かったと誉めていただきましたし」

少々ご酒が過ぎているようには見えましたが——と、言いにくそうに付け加える。気分が良くないのは飲み過ぎたせいだろうというのは、客の側も言っていたことだ。

「おきちも、あんたに何も言わなかったのかね？」

お叱りはありませんでしたと、吉太郎は強く答えた。おきちは座敷のいちばん下の席に座っていたし、お召し物がたいそう派手だったので、よく覚えている、他のお客様たちとは違い、誉めてはくれなかったが、文句も言われなかった。

「なるべく小憎らしい顔をした、性根の曲がったようなのを捕まえてきました」

と、糸吉が野良猫の首っ玉をつかんで戻ってくるのをしおに、茂七は成毛の旦那に従って、辻屋へと足を運んだ。

権三が首尾良く手配をしてくれていたので、おきちと彦助夫婦を除く五人は、ご隠居の座敷に集まっていた。髷こそ薄くなっているし、眉毛もほとんど抜けているが、辻屋の隠居はでっぷりとして血色もよく、歯も揃っている。成毛の旦那よりも若々しいかもしれない。実際、五つ年下だというご隠居の弟の方が、兄のように見えるほど老けていた。本家を継いで商いに成功した兄と、身代こそ分けてもらって暮らしは立つが、これという人生の目的を持たなかった弟との差が、この年齢まで来て露呈しているのだろう。

ご隠居の座敷の床飾りにも、茂七のところと同じように、福寿草が使われていた。美しく活けてある。この時期だ、小さくても立派でも、床の間のある家なら、江戸中のどこにも飾ってあっておかしくない。が、成毛の旦那はそれを見て、器用にも、鼻の穴の片方だけをぴくりとさせた。

ご隠居はぺったんこになるほど平伏し、ひたすらに恐縮した。成毛の旦那は、役人を怖れる者も役人を軽んじる者も、死んでしまえば同じになるというのが口癖のお人なので、ひょうひょうとしてその詫び言を聞き流し、昨日の宴席でのことを詳しく話してくれと、とりかかった。

「私は、料理がおかしいなどということは、まったく感じませんでした」と、ご隠居は言う。好物ばかりの献立だから、実際にそうだったのだろう。

「私も気分が悪くなったというのは大げさで、少し酒が過ぎて目が回ったと、そのくらいのことでございました」

「料理屋でご馳走をいただくなど初めてのことでございますから、卑しい話ではございますが、その日は朝から何も食べず、おなかを空にして参りました。それがかえってよくなかったのかと……」

ご隠居の弟夫婦は口々に言い、商い仲間の夫婦も、そうですそうですと唱和する。当然のことながら、皆、ご隠居の顔色をうかがっているようだ。

「気分が悪くなったというのは、どのように悪くなったのだな?」と成毛の旦那は尋ねた。「細かく言うと、どんな具合だったね」

「はあ……少しこう、胃もたれが」

「頭がくらくらと」

「おなかがくちくなって、苦しいような。贅沢な話でございます」

「苦しかった、とな。汗は出たかね?」

「はあ、ご酒のせいだと思います」

「手や足が痺れたということはないかね」

「少しは……」

「痺れたか?」

「はい、足に痺れがきれました」

それは意味が違う。

「今朝はどうだった？　本当に何でもなかったかね？」と、茂七は尋ねた。一同は目と目を見交わして、一様に恥じ入った。

「頭が痛うございました」

「宿酔いでございますよ、親分」

「てことは、お内儀さんたちも、そうとう飲んだのかね？」

「お祝い事でございますもの」

床飾りの福寿草にちらりと目をやってから、成毛の旦那は尋ねた。「そんな具合になったのは、宴席のどのあたりからだったか覚えておるか」

「どのあたりと申しますと」

「どの料理が出たあたりだったかと尋ねておるのだよ」

四人はさわさわと、ああでもないこうでもないと言い合ったが、やがてご隠居が答えた。

「鴨料理の出たころではないかと存じます。少なくとも、おきちが〝気持ちが悪い〟と申しましたのは、鴨料理を食べているときでございました」

脂の乗った旬の鴨肉だ。

「その後の、あの田楽」と、ご隠居の弟の女房が言い出した。「串に刺して、ひとりに二本ずつ出ましたの。でもおきちさんはあの料理が気に入らなかったようで、半分しか食べませんでした」

しかし、残飯のなかに豆腐のふたたび焼きはなかった。

「ええ、ですから残しはしませんでした。どなたかにあげてしまっていたわよね？」

「確か、彦助さんが召し上がりましたよ」と、商い仲間の老人が言った。「彦助さんは、これはご隠居の大好物だからと、最初はご隠居に勧めたのです。でも——」

本人が後を引き取る。「年寄りには一串で充分だと私が申しますと、彦助は、では私がいただきましょうと食べたのです。まったくこの田楽は、普通の田楽とはひと味もふた味も違って旨い、こくがあると申しまして」

その彦助は、具合が悪くならなかった。

「そういえばおきちは、豆腐のふたたび焼きを指して、変な味がすると言っておりましたな」と、ご隠居が呟いた。

「自分で食った、ひと串の方かな？」

「はい。確かに少ししつこい料理ですから、私は、口にあわないならばやめておけと申しました」

「ほら、そしたらお久さんがね」と、弟の女房が声をひそめた。が、顔は少し笑っている。

「お久というのは、彦助の女房だね？」

「はい、若お内儀ですよ」

お久が口先で、おきちさんはいつも美味しいものを食べて口が奢っているから、こんな料理じゃもの足らないのかしら、もっと大きな料理屋にお招きできなくて、不調法でございました、と言ったそうである。

もちろん、嫌味だ。

「それでおきちさんは、そんなことはありませんよって、ふたたび焼きでしたっけ、あの田楽を、ひと串分は食べたんです」

ひととおり聞き終えて、成毛の旦那はゆっくりとうなずいている。茂七は弟夫婦たち四人に、済まないがちょっと外して、彦助夫婦を呼んできてくれないかと頼んだ。

そしてご隠居と三人きりになると、ひと膝乗り出した。

「ご隠居さん、妙なことを尋ねるとお腹立ちかもしれないが、お上の御用だ、勘弁してくれよ。おきちさんをいろは屋の後添いにと決めたのは、あんただそうだね？勘兵衛さんはそう言っているが」

ご隠居の両肩が、つと下がった。「はい、まったくそのとおりでございます。おきちのために良かれと思ってまとめた縁談でしたが、あれはそう思っていなかったようです」

　そこまで言ってくれるならば話は早い。

「おきちさんと勘兵衛さんのあいだは、上手くいっていなかったようだ。知ってたかね」

「はい、おきちが何度か私を訪ねて参りまして、いろは屋を出たいと申しておりましたから」

　成毛の旦那は黙っている。が、目は油断なく光っているようだ。

「おきちの後添いの話は、まだ私の家内が元気なころに決めました。おきちをあのまま独りにしておいては、彦助たちの再婚の障りとなると申しましてな。家内は、とことんおきちと反りがあいませなんだ。おきちがいろは屋に嫁ぐと、お久という良い嫁も来たし、孫の顔も見た、心配事も片づいた、これでもう思い残すことはないと。そして本当に、それから三月もしないうちに死んでしまいました」

「亡くなったお内儀さんは、おきちさんの何がそんなに気に入らなかったんだろうねえ」

　ご隠居は辛そうに首をかしげた。「わかりません。女どうしのことですからな」

「しかし、今の嫁さんのお久さんとは仲が良かったようじゃないか」

「お久は地味な働き者です。その点で、亡くなった家内によく似ています。それに比べて、おきちはどうかすると、人に甘えて楽をして世渡りしようというところがあった。それがあれの可愛気でもあったのですが」

女はそういう女を許しませんからなと、ご隠居は小声で付け加えた。

「いろは屋の勘兵衛さんは、おきちよりもうんと年上ですが、私はおきちには、ああいう父親のような年頃の、おきちを甘えさせてくれる懐(ふところ)の深い男がいいだろうと思ったのです。ですから、今度こそおきちも幸せになれるだろうと期待しておりましたが、とんだ見当違いだったようでございました」

ごめんくださいと声がして、彦助とお久が入ってきた。夫婦そろって、商人らしくそつのない丁寧な挨拶をして、ちんまりとかしこまる。

彦助は、目に立つ男前ということはなかった。ただ、いかにも勤勉そうだし、目のあたりや口元など優(やさ)しげで、頼り甲斐(がい)のありそうなふうに見える。お久は色白で、機敏な小鳥を思わせるような、はしこそうな目をしていた。なかなか似合いの夫婦である。

成毛の旦那が身を乗り出して、先ほどと同じようなことを問いかけた。おきちとお久のあいだで、豆腐のふたたび焼きをめぐって起こったやりとりについても確認した。お久は少々バツの悪そうな顔をしたが、

「自分の勝手で押しかけておいて、料理に文句をつけるので、ちょっと腹が立ちま

した」と、真っ直ぐに答えた。

「勝手で押しかけた……おきちがな？」

「はい」

「おきちは私が呼んだのだよ」と、ご隠居が言った。

「おとっつぁん、ですからそれが私とお久には心外なのですよ」と、彦助がやんわり割って入った。「本来でしたら、おきちはこの家にはもう関わりのない女なのだし、呼んでやる筋ではないのです。でもあの女は、おとっつぁんにねだればたいていのわがままは通せると承知していた。だからおとっつぁんに頼んで、あの宴席に図々しく割り込んできた。そこが面憎いのです」

　元の女房、しかも変死したばかりのおきちに対して、ずいぶんきっぱりと冷たい物言いだ。茂七は驚いた。で、すぐには二の句が継げないでいるうちに、成毛の旦那がぽろりと物を落とすように言った。

「おきちは食あたりではなく、何者かに毒を飲まされて死んだのだよ」

　ぽかんと三つ、開いた口が並んだ。いや、茂七の目にそう見えただけで、成毛の旦那には、茂七の分まで合わせて四人の口あんぐりが見えたろう。

「ど、ど、毒？」

「いったいどんな毒です？　料理に入っていたんですか？　あたしたちも食べた料

理でございますか?」

ゲッとうめいて、お久が口を押さえた。彦助は色を失って目を泳がせる。

「うーん」

一声唸って、ご隠居がひっくり返った。

五

「いずれ、誰かがおきちに毒を盛ったことに間違いはない」

堀仙の勝手口、成毛の旦那は懐手をして、ぎゃあぎゃあ騒ぐ籠のなかの野良猫をながめていた。

「あとは茂七に任せる。上手いこと追いつめれば、そのうち白状するだろう」

幸い、辻屋のご隠居はのぼせて倒れただけで、すぐに息を吹き返した。しかし旦那も乱暴なことをなさると、茂七は冷汗をかいた。

「他人に毒を盛るような者は、けっして剛胆ではない。気が小さいのだ。面と向かって人に剣突をくらわすことができないので、不満や怖れがどんどん煮詰まり、相手を殺めずにはいられぬようなところまで、勝手に自分を追い込んでしまう。そのことだけをよく心に留めておけば、なに、遠からず下手人はあがるだろう」

ただ、この猫は死なんようだなと、旦那はのんびり言った。

「料理のなかに毒が仕込まれていたのだとしても、それはおきちひとりを上手く狙ったものだったから、残飯のなかには毒が残らなかったのだろう」

旦那が言うとえらく簡単な話に聞こえるが、茂七は頭を抱える思いであった。

その夕、陽も落ちたころになって、ようやく権三が安川医師を連れ、茂七の家に戻ってきた。安川医師は、若いが評判の良い名医で、薬代が払えない病人でも進んで診てやるので、大繁盛なのだという。

「正月明けで、酒を飲み過ぎたり食べ過ぎたり、急病人が多かったのです。この刻限になるまでどうしても身体が空きませんでした。まことに申し訳ないことです」

勘兵衛のところには寄って、おきちの亡骸を拝んできたという話だった。権三は若い医師を丁重に扱っていた。

小柄な人である。歳を尋ねると三十二だというから、勘兵衛は彼をだいぶ若く見積もっていたことになる。やや彦助に似た面差しだ――いや、顔立ちはまったく似ていない。落ち着いていて親切そうなところが共通しているだけである。町医者には僧侶のように剃髪している者が多いが、安川医師は総髪で、その髪は黒く豊かだった。

彼から聞き出した話は、勘兵衛から聞いた内容とほとんど違わなかった。付け加えることもあまりない。おきちが、彼の診たときにも一度吐き、ただそのときにはもう胃の腑が空っぽだったのか、水のようなものが出ただけだったということ、しきりと寒がって、喉が渇いたと訴えたということぐらいだ。

「勘兵衛さんからお聞き及びかもしれませんが、おきちさんは癪持ちで、痛みがくることを、それはそれは怖れていました。癪は辛い持病ですから、私もできるだけ力になりたいと思っていたのですが」

　相手が医師だから、茂七は腹を割って、おきちは食あたりではなく、毒を盛られたらしいことをうち明けた。それを聞くと、若い医師の目と眉毛のあいだから、手妻のようにすうっと血が引いた。

「それは……恐ろしい話ですね」

「検視のお役人のおっしゃるには、もがいて苦しんで暴れるような毒じゃなく、身体が痺れて動けなくなり、やがて心の臓が停まってしまうという種類の毒だそうです。先生には、そういう毒で、思い当たるものがおありですか」

「さあ……」

「お役人は、時節柄、福寿草じゃないかとおっしゃるのですがね。私は、あんな目出たい草が毒草だってことさえ知らなかったんですが」

「毒草——と言い切っては、福寿草が気の毒です。使い方を心得ていれば、薬効を引き出すこともできるのですよ」

「へえ、どんな病に効くんです？」

「腎に効きます。身体から悪いものを出させる働きがあるのです。心の臓の病にも処方します。ひどい動悸を抑えます」

若い医師の目と眉のあいだは、依然真っ白のままである。

「薬と毒は表裏一体ということですよ」

「なるほどねえ、よく覚えておきます」

茂七は言って、ふと表情をゆるめた。

「ところで先生は、御舟蔵一帯じゃ貧乏人たちに仏さまみたいに有り難がられてるという評判だ。しかし申し訳ないが、私は先生のことを存じませんでした。深川に来たのはいつのことです？」

安川医師はほっとしたように見える。

「こちらで開業して、まだ一年足らずです。先は牛込におりました」

「牛込たぁ、遠方だ。あのへんの古着商たちは、軒並み先生のお世話になっていたんでしょうな。どうしてまたこちらに？」

「火事で焼け出されました」言って、医師の声が小さくなった。「牛込の家は私の父の家でして、やはりそこで開業していたのですが、すっかり焼けてしまいました。父もその火事で亡くなりました」

　そして、辛そうに言い足した。

「妻と赤子も失いました。深夜でしたが、火が出たとき、私だけは急病の子供の往診に出ていて助かったのです」

「そいつは気の毒なことです」

　悲しい思い出のある土地を離れ、これまで縁のなかった深川に来て、一から暮らしをやり直したかったのだろう。

「お辛いことをうかがって、あいすみません。これも私のお役目のうちと、勘弁しておくんなさい」

　安川医師は軽く手をあげて茂七を制した。

「かまいません。それより親分は、やはり辻屋の誰かを疑っておられるのですか」

「さあ、どうでしょう」茂七は他人事のように言って腕組みした。「おきちは辻屋にとっては厄介者だったようだ。彦助とお久は疑われても仕方ないかもしれませんね。だが、勘兵衛だって怪しくないとは言えねえ。わがままで愛想のない女房にはほとほと疲れたが、世間体があるから離縁もできねえ、それならいっそ――と、思い詰めたということだって考えられます」

　安川医師は、人の生き死にを扱う医者にしては少し純に過ぎるほど、素直にぶるりと身震いをした。

「……恐ろしいことです」

「本当にねえ」茂七はうなずいた。「まあ、しかし、毒が盛られたのが宴席の料理であることも、まだはっきりしてはいないんです。残飯を食った野良猫が、ぴんぴんしていますからね」

茂七はざっと、堀仙に捕まえてある野良猫のことを話した。

「あの猫に何かあれば、もうちょっと絞れますがね。毒の正体も突き止められる」

「しかし、やっぱり食あたりだったということも考えられませんか。食材が傷んでいたのかもしれません。検視のお役人の言うことに異議を申し立てるわけではありません。でも、私は医師だからよくわかるのですが、薬種に知識のない素人が、他人に毒を盛って殺すというのは、なかなか難しいことです。福寿草だって、そのままでは使えません。葉や芽を摘んで乾かして、細かく挽いて使うのです」

食あたりの方が、ずっとありそうなことです、冬場は油断しているので、かえって怖いのですと、医師は熱を込めて言った。

「それに食あたりは、人によって症状の重い軽いに大きな差が出るのです。おきちさんは、丈夫な人ではありませんでした。気の病も、続けば身体を弱らせます。他の人たちは軽く済んだものが、おきちさんには命取りになったのかもしれません」

「先生のおっしゃることも、よく考えてみないといけませんね。早合点は慎みましょう」と、茂七は若い医師の目を見てうなずいた。

「もしもやっぱり食あたりだったということで収まれば、まあ堀仙は商いをやめなきゃならないでしょうがね」

「重い罪になりますか」

「どうだろう。江戸所払いくらいで済むように、計らってやりたいですがね」

「だといいですね。ほとぼりが冷めれば、どこか雇ってくれるところもあるでしょう。腕のいい庖丁人ならば」

願うような口調だった。茂七もしんみりと、そうですねえと応じた。

六

茂七は数日、思案した。そのあいだに、いくつかの手を打った。

権三を牛込まで走らせて、安川医師の話の裏をとった。医師の不幸な身の上は、本人の話したことに間違いはなかった。

さらに糸吉を使って、おきちが近頃、古着屋を回って着物を買ったり、櫛や白粉を買い込んだりしていないかどうか、調べさせた。一日かけて戻ってきた糸吉は、

「親分、何をお考えです？」と、不思議そうに目を丸くした。

「あたってたかい？」

「大あたりですよ。おきちはしきりと買い物をしています。急に洒落(しゃれ)っけが出たんでしょうかね？」

さらに茂七は彦助とお久夫婦を訪ね、ご隠居のいないところでもう少し突っ込んだ話をしたいと持ちかけた。

「おきちは、ずっとあんたとよりを戻したがっていたんだろ？」

問われて、彦助は女房の顔をちらと見た。

「一時は、ずいぶんとせがまれました」

「あたしを追い出してくれと迫っていたんですよ、親分さん」と、お久は言った。一瞬だが、剥(む)き出した歯が夜叉(やしゃ)のようだ。

「とりわけ、お姑(かあ)さんが亡くなってからはもう、あからさまでした」

「しかし、姑さんは亡くなって二年も経つ。このごろはどうだった？　おきちの様子に変わりはなかったかい？」

夫婦は顔を見合わせた。それぞれに、俺のあたしの知らないところでおきちとどんな話をしたのかと探り合っている。

「じゃ、宴席の日はどうだった。お久さんの前で、彦助さんにべたべたするようなところはあったかい？」

「とんでもない、父の前ですし、そんなことはしませんよ」彦助があわてて答える。「それに私は、いい加減おきちの態度に腹が煮えていましたから、あいつにいい顔など見せませんでした。別れたばかりのころは……それはやっぱり、多少はあいつに済まないと思っていましたが、それももう終わったことです。こっちがそういう気持ちを持ち続けていると、おきちはどこまでも諦めない。だから、努めてつっけんどんにしてきましたし、それには大した苦労は要りませんでした」

本当にうんざりだったのだという顔だ。

お久はずけずけと言った。「あの場では、なんだかあたしと張り合おうとしているようで、嫌だったわ」

「あんたと張り合う？」

「はい。一張羅を着てきてね。そら、お久より、このおきちさんの方がいい女だろうっていうふうに見せつけるみたいな」

茂七の考えに、それはしっくり来ることだった。

「ひとつ、あんたらの考えを聞かせてほしいんだが」

茂七が言うと、夫婦はきゅっと座り直した。

「おきちって女は、けっこうな負けず嫌いだったように、俺には思える」

「ええ、ええ、そうですとも」

「だとすると、彦助さんとよりを戻す目はない、その点ではお久さんに負けたってことがわかっていたら、自分からせがんであんたらと顔を並べて飯を食うような宴席に出たがるとは思えないんだがね。だって、悔しいだろうがよ」

お久は突っ放した。「料理が目当てだったんじゃありません？」

彦助は考え込んでいる。「確かに……親分の言うとおりかもしれません。あれは何か、他に目的があったのかなあ」

「おきちは明るかったか？」

「はい？」

「宴席でさ。楽しそうだったか」

夫婦はそろって、「まあ、はしゃいでいましたから、楽しんでいるように見えましたが」と、もごもご答えた。

「ありがとうよ」と、茂七は言った。

「ところで親分さん、堀仙で、残飯を野良猫に食わせたそうですね。その猫はどうなりました？」

茂七は破顔した。「それが傑作なんだ。逃げちまったんだよ」

あの翌日、猫が籠抜けして姿を消していると、堀仙が知らせてきたのだ。

「汚い野良猫だったから、家のなかに入れるのが嫌で、籠ごと裏庭に放っておいたんだそうだ。そしたら、逃げちまったのよ」

不思議だろうと、茂七は笑った。

おきちが死んで、四日目の深夜、茂七はぶらりと家を出た。行き先は、富岡橋たもとの小さな屋台である。

稲荷寿司と書いた赤い提灯が揺れている。屋台の外に据えられた長腰掛けには誰もいない。

「よう、新年早々精が出るが、今日はお茶をひいてるようだな」

屋台の向こうで、真っ白な湯気が立つ。親父が汁物の加減を見ようと、鍋のふたを開けたのだ。

「これは親分」

ふたりはそれなりにかしこまって新年の挨拶を交わした。

この屋台の親父は、どうにも素性が知れない。元は侍だったらしい。それでいて、この土地のごろつきの束ね役で、泣く子も黙る梶屋の勝蔵という荒くれ者と、どうやら血縁でもあるようだ。屋台の看板は稲荷寿司だが、売り物はそれだけでなく、季節にあわせた食材で、めっぽう旨いものをこしらえる。

「しばらくご無沙汰でしたが、お元気そうですね」低いが響きのある声でそう言って、親父は茂七の前に、温い番茶を出した。まずこれで口を湿し、埃を濯げというのだろう。

「私など、新年で歳をひとつとったと思うだけで、白髪が増えましたよ」

「そのかわり、あんたはまだ腰には来てないだろう。俺なんざ、すす払いの後は何日も腰が痛くて往生したよ」

親父は笑った。「何になさいます。蕪蒸しの旨いのをお出しできますが」

茂七は乗り出した。「実はな、今夜は相談があってきたんだ」

明日、熊井町の堀仙という料理屋へ出向いちゃくれないか。そこで吉太郎という庖丁人に会ってだな——

「うへ、本当にごちそうになっていいんですか、親分」

糸吉は目を剥いている。

「おまけに今夜は貸し切りだ」と、権三はまわりを見回す。

「今夜ここで出す料理は、俺のあつらえだからな。悪いが、他の客には遠慮してもらわないと」

茂七のかみさんも、この屋台と親父の腕前についてはよく知っている。嬉しそう

に飯台に向かって、

「何を食べさせてもらえるんですか、おまえさん」と、瞳を輝かせている。

翌晩のことである。屋台の親父は茂七の期待どおりのことをしてくれた。

「食材はすべて揃えました。順番も、六日に堀仙で出されたとおりにします」

真っ白な前掛けで、心なしか楽しそうだ。

「私もこれだけの料理を通しでつくるのは久しぶりですからね」

「腕が鳴るってか？」

「ええ。ただ、吉太郎さんの味付けは、私の好みよりも、全体に濃いようです」

「そこが肝心なんだよ。済まないが、今夜は吉太郎になったつもりでやってくんな」

「あいわかりました」

手下たちもかみさんも、俺がご馳走してやるという茂七の申し状に、半信半疑という顔である。

「親分、何か企んでいるんでしょう」

親父が酒を出してきた。酒の銘柄も堀仙で出したのと同じである。

「八人が飲んだ量を、俺たち四人で飲みきるのは無理だ。まあ、宿酔いになる気で飲むというのが目処だな」

「どうしてそんなことをしないとならないんです？」

「まあ、まあ、あとで話すよ」

湯屋で働く糸吉にとっては、釜の焚き付けを探すことも大事な仕事である。その点で、松飾りなどが大量に出る七日は稼ぎ時だった。その一日を、今年はあの食あたり騒動ですっかり食われて、くさっていた。今夜はそこで損をさせた分まで飲んで食えと、茂七はどんどん彼に勧めた。

おせちを工夫した八寸に始まって、菊の葉の上に咲いたゆで卵の花、酢味噌の鯛、鯛のつくねの松竹梅。三人は感心したり歓声をあげたりしながら食べ進み、茂七はそれをにこにこしながら見守った。酒も進む。

「お次が鴨です」

「わあ、見ろよ、この脂が乗っててさあ」

糸吉はわしわしと食う。かみさんと権三はゆっくりと味わう。

次に出てきたふたたび焼きに、かみさんはため息をついた。

「まあ、揚げ豆腐ですね」

「さすがにおかみさんですね。ただの田楽じゃないと、すぐにおわかりだ」

「手がかかるでしょう。でもおまえさん」と、茂七を見返って、「あたしはもうおなかがいっぱいになってきたわ。今の鴨がこっくいいし。欲張ると、胸が焼けそう」

「そうか？　でも、ひと口ぐらいは食べてみろよ」

こちとら辻屋のような金持ちではないし、食べ物は無駄にしないというのは、骨の髄からの信条だ。それでもかみさんはとうとう音をあげて、ふたたび焼きは半分も食べられず、煮物と酢の物には箸をつけたが、吹き寄せ飯までたどり着くことができなかった。

権三もふうふう言っている。「糸さん、凄いねえ。やっぱり若いからかね」

「だって旨いもの。もったいないぜ」

「ああ、もう駄目だ」と、呻いてかみさんは大きなげっぷをした。「あたしはもう降参。ごめんなさいね。目が回るわ」

屋台の親父は気にするふうもない。よろしいんですよおかみさん、となだめ、茂七を見て軽くうなずいた。

「結局、こういうことだったんですね」

「結局、こういうことだったんだよ」と、茂七も言った。

「何です？」と、権三が酔って赤くなった目をしばたたいた。

「毒は盛られてなかった。食あたりもなかった。料理に悪いところはなかったんだ」

「ただ、献立が悪かったんですよ」と、親父が言い添えた。

「脂っこい鴨の焼き物に、味の濃い揚げ物のふたたび焼きだ。それでなくても松の内で、みんな飲み過ぎ食べ過ぎてる。考えてみろ。おきちが死んだ日は、七草だぞ。正月のご馳走で疲れた腹を休めるために、みんなで粥を食う日じゃねえか」

「それじゃ、宴席で気分が悪くなったっていうのは——」

「献立が重くって、胸が焼けたというだけさ。そこに酒が入って、悪酔いも進んだんだ」

「おきちさんも？」

「ああ、そうさ」

「だけど辻屋のご隠居と、若夫婦はぴんぴんしてたんですよ」

「こういうことには、人によって差が出るものですよ、権三さん」と、親父は言った。

「辻屋のご隠居は、還暦でも歯が揃ってるというくらいだから、もともと健啖家で丈夫なお方なんでしょう。それに、並んだ料理は好物だ。だから大丈夫だった。彦助さんもね。お久さんは、たぶん酒を控えていたんじゃないですか。まだ乳飲み子がいるそうだから」

そういうことかと、権三がゆっくり手を打った。

「それじゃ何ですか？　おきちさんは食い過ぎ飲み過ぎで死んだんで？」

吹き寄せ飯のご飯つぶをほっぺたにくっつけて、糸吉が訊いた。

「いや、そうじゃない。おきちは確かに毒を飲まされて、それで死んだんだ」

問題は、いつ、誰が飲ませたかということだ――

訪ねて行った茂七の顔を見て、安川医師は、怯(おび)えず慌(あわ)てず、むしろ肩の荷をおろしたような顔をした。

「今ここで待っている患者だけは、診てしまってよろしいでしょうか」

かまいませんと茂七は言って、込み合う狭い待合室の隅に腰をおろした。患者たちが安川医師を頼りにしている様子がよくわかる。それは辛かった。

ようやく二人になると、茂七は訊いた。

「猫を逃がしたのは先生だね？」

安川医師は両手を膝に、はいとうなずいた。

少し間をおいて、茂七は続けた。「おきちは、いつごろから先生に言い寄っていたんだろうね」

この半年ほどだと、医師は答えた。

「何かの拍子に、私が家族を亡くしたことを話しますと、とても気の毒がってくれました。先生とあたしは寂しいどうしだ、先生のことはあたしが大事にしてあげる

――そう言い出したのが最初でした」

むろん、それはおきちの一方的な思いこみに過ぎなかった。片恋である。おきちはいろは屋から、今の不満だらけの暮らしから、逃げ出す夢を見ただけだった。安川先生と夫婦になれば、自分を捨てた彦助と、憎らしいお久を見返してやることもできると、思いこんだだけだった。そして浮かれて、恋に酔った。強気で辻屋の宴席にしゃしゃり出ることができたのも、その浮かれた気分があったからだろう。今に見ててごらん。あんたたち、みんなびっくりするよ。あたしは幸せになるんだから。

安川医師は、そんなおきちの攻勢を、上手く払いのける方法を知らなかった。おきちのような押しの強い女に会ったのは、たぶん初めてのことだったのだろう。

「勘兵衛さんは、おきちがあんたに気があることを、察していたようだよ」

茂七と話したときのあのため息には、その意味が込められていたのだろう。

「それは私も気づいていました。なおさら面目なくて、困りました」

自分はまだ妻子のことが忘れられない、誰かと所帯を持つなど、とうてい考えられない。思いあぐねて、おきちにはっきりそう伝えたこともあったという。

が、彼女は耳を貸さなかった。

「どうもそういう女だったらしいな。自分の気持ちばっかりで、いつも頭がいっぱいだったんだ」慰めるように、茂七は言った。「悪気があるわけじゃないから、始末が悪い」

殺す気はなかったと、安川医師は言った。

「検視のお役人のお診立ては見事なものでした。私が使ったのは福寿草です。それでも、親分に嘘ばかり申し上げたわけではありません。あれは薬効もあるのです。だから手元に持っていました。ただ、少し量を誤ると、危険なことになる……」

おきちに薬として福寿草を飲ませ、それで彼女がさらに具合が悪くなれば、機嫌を損ねるかもしれない。安川医師の腕を疑って、気持ちが離れるかもしれない。

「そのことばかりを考えていました。魔がさすというのは、あのことです」

たいていの人殺しというのは、そんなふうにして起こるのだ。

「先生のような町医者に、ずっと深川にいてほしかったのになあ」

茂七は心から残念に思った。

茂七たちの胃もたれは、数日続いた。かみさんは茂七を叱った。

「いくらお役目のためとはいえ、あの屋台の親父さんは、あんな胸焼けするような料理をこしらえる人じゃないでしょう。それを無理を言って、味付けまで変えさせて……。料理人の沽券にかかわることですよ」

重々済まねえと、茂七もそれは借りに思っている。

が、そこへ糸吉が来た。

「親分、稲荷寿司屋台の親父から、書き付けです。料理の代金がこれだけになったそうですよ」

茂七はそれを開いて見た。いきなり、身体中から音をたてて血が引いた。なんという金額だ。

「どうしたの、おまえさん？」

駆けつけたかみさんの目の前で、茂七はどうと横に倒れた。

食えねえ、あの親父は、本当に食えねぇ。

解説

細谷正充

本書『いやし〈医療〉時代小説傑作選』は、PHP文芸文庫から刊行されている時代小説アンソロジー・シリーズの一冊である。二〇一七年の『あやかし〈妖怪〉時代小説傑作選』から数えて八冊目となる。すでに既刊を手にした人には耳にタコだろうが、初めての読者のために少し説明しておこう。一連のアンソロジーのコンセプトは、現役女性作家の作品を、テーマ別に並べることにある。本書のテーマは医療であり、医師が主役や重要な役割を果たす作品を集めた。全部で五作。どうか、ひとつひとつの物語を、じっくり味わってほしい。

「藪医（やぶい）ふらここ堂」朝井まかて

本作は、朝井まかての連作『藪医　ふらここ堂』の第一話だ。〝ふらここ〟とは聞きなれない言葉だが、ブランコのこと。神田三河町界隈《かんだみかわちょうかいわい》で小児医をしている天野《あまの》三哲《さんてつ》は、近所でも有名な藪医であることと、前庭にふらここがあることから、「藪のふらここ堂」と呼ばれている。まあ、藪医といわれるのも無理はない。朝寝が好きで、患者をえり好みする。面倒臭くなれば診察をほっぽり出して逃げてしまう。下世話《げせわ》な話が大好きで、仕事はそれほどやる気がないという、困った医者なのだ。引っ込み思案な娘のおゆんは、そんな父親にいつも振り回されている。子供の診察を待たされ、ついに母親が爆発してしまう冒頭のエピソードから、三哲のいい加減ぶりが全開で、大いに笑わせてもらった。ところがそんな三哲が、大店《おおだな》から往診を頼まれる。いつも診《み》てもらっている医師に連絡がつかず、困ってのことである。ギスギスしている大店一家の空気に怯《ひる》むおゆんだが、三哲はいつもと変わらない。熱を出している子供の状況を見抜き、適切な指示を出すのだった。

　はたして三哲は藪医か名医か。苦しむ子供に適切な処置をするが、どちらかというと生活の知恵のようである。とはいえ一家の関係に対する洞察力など、たいしたものだ。本作だけで三哲に魅力を感じる人は多いだろう。そんな三哲を中心にした、あれこれの騒動を知りたい読者は、ぜひとも『藪医　ふらここ堂』を読んでいただきたい。

「春の夢」あさのあつこ

児童文学『バッテリー』で注目された作者は、一般文芸に進出すると多彩な作品を発表。二〇〇六年の『弥勒の月』から時代小説にも手を染めるようになった。以後、これをシリーズ化すると共に、「おいち不思議がたり」「闇医者おゑん秘録帖」「燦」などのシリーズを発表した。また単発の時代小説も少なくない。本書ではその中から、「闇医者おゑん秘録帖」シリーズの第一作を収録した。

深川の呉服問屋「駒形屋」の女中のお春は、闇医者——堕胎医のおゑんの家を訪ねた。子供の頃から辛い生活を送り、「駒形屋」でもいいように使われていたお春は、二年前から若旦那の聡介と逢瀬を続け、身ごもってしまったのだ。しかし聡介は「松江屋」の娘との祝言が決まり、子供を堕ろすようにお春に命じた。唯々諾々と聡介の言葉に従うお春。しかし、おゑんと話をすることで、彼女は自分の意思を取り戻していく。

ところが物語は急転。意外な展開を迎え、おゑんが復讐の女神と化すのだ。とはいえ単純な善悪で人間を色分けしてはいない。登場人物を見つめる眼差しの深さに脱帽である。

「菊姫様奇譚」和田はつ子

作者の文庫書き下ろし時代小説で、「料理人季蔵捕物控」シリーズと並ぶ人気を誇るのが、「口中医桂助事件帖」シリーズである。本作はその一篇だ。ちなみに口中医とは口腔外科と歯科医を兼ねた医師のこと。意外なほど歴史は古いが、それだけ口内や歯の病に、人類が悩まされてきたということだろう。

主人公は長崎仕込みの口中医の藤屋桂助。〈いしゃ・は・くち〉の看板を掲げ、多くの患者を救っている。そんな桂助に、呉服屋の父親経由で、奇妙な依頼が舞い込む。萩島藩の江戸屋敷にいる桃姫が、すべての歯が悪いといっているので、診察してほしいというのだ。だが桃姫は医者嫌いであり、桂助には呉服屋を装ってほしいとのこと。この難題を引き受けた桂助だが、自らを菊姫だと名乗る桃姫には、いろいろな問題があるらしい。歯痛も詐病のようだ。とはいえ実際に歯を診ると虫歯がある。なんとかしようとする桂助だが、肝心の桃姫の姿が消えた。

輿入れの話も無視し、町人に惚れ込んでいる我儘姫。そんな桃姫とかかわってしまったために、桂助が奔走することになる。桃姫を巡る騒動はミステリー・タッチで興趣は満点。さらに桂助が桃姫にこだわる理由が、歯や口の病いが源で命を奪われる人を、ひとりでもなくしたいという熱い思いだと分かり、彼の魅力が際立つ。ストーリーとキャラクターが見事に融合したシリーズの面白さを堪能してほしい。

なお「口中医桂助事件帖」シリーズは全十六巻で完結。二〇二一年から、アメリカで最新の口中医療を学んだ桂助が、明治の東京で活躍する「新・口中医桂助事件帖」シリーズが始まった。まだまだ桂助たちとの付き合いが続くかと思うと、嬉(うれ)しくてならない。

「仇(かたき)持ち」知野みさき

ファンタジー小説でデビューした作者は、二〇一五年の『しろとましろ　神田職人町縁(えにし)はじめ』（現『飛燕(ひえん)の簪(かんざし)　神田職人えにし譚』）で時代小説に乗り出した。二〇一六年の『落ちぬ椿　上絵師　律の似面絵帖』から始まるシリーズがヒットすると、活動の中心を時代小説にして、現在に至る。本作は、そんな作者の書き下ろし作品だ。

石川凜(いしかわりん)は、男に捨てられて永代橋(えいたいばし)から身投げした。……というのはお芝居だ。深川佐賀町(さがちょう)の医者・栗山千歳(くりやまちとせ)に助けられ、縁を作ることが目的である。元津(つ)藩の武家の娘だった凜は、家族を破滅に追い込んだ仇に近づく足掛かりとして、千歳に目を付けたのだ。目論見(もくろみ)通り、千歳の助手となった凜。彼女を嫌う千歳の助手で片腕の佐助(さすけ)や、浪人剣士の清水柊太郎(しみずしゅうたろう)と共に日々を過ごしながら、津藩の江戸屋敷に出入りしている千歳の供をして、仇に接近していくのだった。
物語に登場した時点で、凜の人生は波瀾万丈だ。若くして苦労を重ね、行動力もある彼女の仇討ちがどうなるのか、物語から目が離せない。さらに千歳・佐助・柊太郎にも、いろいろとわけがありそう。千歳の抱えている事情も気になる（ああ、タイトルにはそんな意味も込められていたのか！）。もちろん本作だけで短篇として完結しているが、まだまだ物語を続けられそうだ。ということで、シリーズ化を希望するのである。

「寿の毒」宮部みゆき

ラストは宮部作品である。ご存じ、「回向院の茂七」シリーズの一篇だ。正月気分もそろそろ抜けようかという七草の日。岡っ引きの茂七の元に、事件の話が飛び込んでくる。料理屋「堀仙」でご隠居の還暦祝いをした蠟問屋「辻屋」の一行に食あたりがあり、主人の又従妹で元女房だったおきちが死んだというのだ。だが、本当に食あたりだろうか。毒殺の可能性が高まり、茂七は探索を進める。

という粗筋を見ると、どこが〈医療〉時代小説なんだと思うかもしれないが、安心してほしい。「辻屋」のかかりつけの安川という医師が、重要な役割を果たしているのだ。捕物帖なので詳しいことは書かないが、事件の真相は切なく、だからこそ茂七が犯人にかけた言葉が胸に染みる。いい話だ。

そうそう、シリーズでお馴染みの、富岡橋のたもとで稲荷寿司の屋台を出している親父も登場。相変わらず曲者ぶりを発揮して、読者を喜ばせてくれる。読み味をよくして物語の幕を引く、作者の手腕が鮮やかだ。

二〇二一年七月現在、新型コロナウイルスに対するワクチン接種が、急ピッチで進んでいる。それも含めて、一連のコロナ禍における医療関係者の献身的な働きには、ただただ頭が下がるのみである。命を繋げ、人を救いたい。昔も今も、医療に携わる人の使命感は変わることがないのだろう。本書を楽しんだ後、そんなことを考えていただければ幸甚である。

（文芸評論家）

出典

「藪医　ふらここ堂」（朝井まかて『藪医　ふらここ堂』所収　講談社文庫）
「春の夢」（あさのあつこ『闇医者おゑん秘録帖』所収　中公文庫）
「菊姫様奇譚」（和田はつ子『口中医桂助事件帖　手鞠花おゆう』所収　小学館文庫）
「仇持ち」（知野みさき　書き下ろし）
「寿の毒」（宮部みゆき『〈完本〉初ものがたり』所収　ＰＨＰ文芸文庫）

本書は、ＰＨＰ文芸文庫のオリジナル編集です。

本文中、現在は不適切と思われる表現がありますが、差別的な意図を持って書かれたものではないこと、また作品が歴史的時代を舞台としていることなどを鑑み、原文のまま掲載したことをお断りいたします。

著者紹介

朝井まかて（あさい　まかて）

1959年、大阪府生まれ。2008年、『実さえ花さえ』（のちに『花競べ 向嶋なずな屋繁盛記』に改題）で小説現代長編新人賞奨励賞、13年、『恋歌』で本屋が選ぶ時代小説大賞、14年、同書で直木賞、16年、『眩』で中山義秀文学賞、18年、『雲上雲下』で中央公論文芸賞、19年、『悪玉伝』で司馬遼太郎賞、21年、『類』で芸術選奨文部科学大臣賞を受賞。著書に『白光』などがある。

あさのあつこ

1954年、岡山県生まれ。青山学院大学文学部卒業。97年、『バッテリー』で野間児童文芸賞、99年、『バッテリーⅡ』で日本児童文学者協会賞、2005年、『バッテリーⅠ～Ⅵ』で小学館児童出版文化賞、11年、『たまゆら』で島清恋愛文学賞を受賞。著書に「おいち不思議がたり」「弥勒の月」「闇医者おゑん秘録帖」「燦」シリーズ、『えにし屋春秋』などがある。

和田はつ子（わだ　はつこ）

東京都生まれ。日本女子大学大学院修了。出版社勤務の後、『よい子できる子に明日はない』がテレビドラマの原作となり注目される。著書に「口中医桂助事件帖」「ゆめ姫事件帖」「料理人季蔵捕物控」シリーズなどがある。

知野みさき（ちの　みさき）

1972年、千葉県生まれ。ミネソタ大学卒業。2012年、『鈴の神さま』でデビュー。同年、『加羅の風』（刊行時に『妖国の剣士』に改題）で第4回角川春樹小説賞受賞。著書に「上絵師 律の似面絵帖」「江戸は浅草」「神田職人えにし譚」「深川二幸堂　菓子こよみ」シリーズなどがある。

宮部みゆき（みやべ　みゆき）

1960年、東京都生まれ。87年、オール讀物推理小説新人賞を受賞してデビュー。92年、『本所深川ふしぎ草紙』で吉川英治文学新人賞、93年、『火車』で山本周五郎賞、99年、『理由』で直木賞、2002年、『模倣犯』で司馬遼太郎賞、07年、『名もなき毒』で吉川英治文学賞を受賞。著書に、『きたきた捕物帖』などがある。

編者紹介

細谷正充（ほそや　まさみつ）

文芸評論家。1963年生まれ。時代小説、ミステリーなどのエンターテインメントを対象に、評論・執筆に携わる。主な著書・編著書に、『歴史・時代小説の快楽 読まなきゃ死ねない全100作ガイド』「時代小説傑作選」シリーズなどがある。

PHP文芸文庫　いやし
〈医療〉時代小説傑作選

2021年8月19日　第1版第1刷
2024年4月4日　第1版第4刷

著　者　朝井まかて　あさのあつこ　和田はつ子　知野みさき　宮部みゆき
編　者　細谷正充
発行者　永田貴之
発行所　株式会社ＰＨＰ研究所
東京本部　〒135-8137 江東区豊洲5-6-52
文化事業部　☎03-3520-9620（編集）
普及部　☎03-3520-9630（販売）
京都本部　〒601-8411 京都市南区西九条北ノ内町11
PHP INTERFACE　https://www.php.co.jp/
組　版　朝日メディアインターナショナル株式会社
印刷所　図書印刷株式会社
製本所　東京美術紙工協業組合

　ISBN978-4-569-90144-2

PHP文芸文庫

わらべうた

〈童子〉時代小説傑作選

宮部みゆき、西條奈加、澤田瞳子、中島 要、梶よう子、諸田玲子 著／細谷正充 編

今読んでおきたい女性時代作家が勢揃い！ ときにいじらしく、ときにたくましい、子供たちの姿を描いた短編を収録したアンソロジー。